Boccanera

La collection *Mikrós noir*
est dirigée par Manon Viard

Ce texte a été proposé à l'édition
par Patrick Raynal

www.editionsdelaube.com

ISBN 978-2-8159-4256-0

Michèle Pedinielli

Boccanera

roman

éditions de l'aube

De la même auteure

Chez le même éditeur

Après les chiens, 2019 ; Mikrós noir, 2021

La patience de l'immortelle, 2021

À Mouloud, l'homme qui croit en moi envers et malgré moi,
à Jany et Gilbert, mes parents préférés,
et (par ordre alphabétique et non d'apparition à l'écran)
à Enzo, Lea et Mélisande

Elle a fini de courir ses cinq kilomètres quotidiens. Elle éteint le tapis de course et attrape son jus d'orange et ses vitamines posés sur le comptoir du bar dans la cuisine. Pas de café, ça fait gonfler. Elle passe machinalement une main sur son ventre plat. Ses fesses musclées. Tout va bien. Sous la douche, le gant de crin, le gel douche hyperhydratant. Elle se sèche mais pas complètement, car elle doit appliquer son baume nourrissant alors que sa peau est encore humide, elle l'a lu quelque part. Elle attend deux minutes bras et jambes écartés pour que la crème pénètre. Culotte, soutien-gorge, elle enfile la chemise – blanche – et le tailleur. Très bien coupés, cette veste et ce pantalon, comme ses cheveux impeccables. Rien ne dépasse, mais la coiffure reste souple. Elle choisit ses bijoux avec soin. Savoir s'adapter au client, c'est la clé. Celui-là est juste un ingénieur italien. Pas un émir qatari ni un millionnaire russe. Sa maison est petite mais le quartier est très chic. Le solitaire en diamant. C'est tout, c'est bien. Elle attrape les clés dans le vide-poches qui ne contient rien d'autre que son trousseau. Elle jette un dernier coup d'œil pour vérifier que tout est à sa place : le verre de jus d'orange est dans le lave-vaisselle, les flacons de vitamines disparus dans le tiroir. Tout est propre. Comme sa Mini, rutilante. Lorsqu'elle l'a choisie, elle a failli craquer pour un bleu dragée. Et puis finalement, elle a choisi la sobriété, ce qui lui va le mieux. Elle est blanche. Mais avec toutes les options. Elle part un peu en avance pour avoir le temps de passer à l'agence. Elle gare la voiture sur son emplacement réservé. Au bureau, elle vérifie ses mails. Monsieur Giannini n'a pas décommandé. Dernier coup d'œil dans le miroir. Tout va bien. La maison se situe route Forestière, juste au-dessus. La petite rue est déserte comme souvent, calme, et le bruit des talons de ses bottines extrêmement chères résonne au milieu des villas cossues. Celle de l'ingénieur est accessible par l'un de ses escaliers raides et mal fichus qui montent vers le massif du mont Boron. Tant mieux, un peu d'exercice en plus : ventre rentré, fesses serrées, elle entame les premières marches. La villa est au milieu de la montée sur la droite. Elle sonne. Elle attend. Tout est silencieux. Seuls quelques oiseaux dans les jardins alentour se manifestent. Elle sonne à nouveau. « Monsieur Giannini ? » Le dernier « i » monte un peu. Elle remarque alors que le portail noir est ouvert. Elle pousse la porte. « Monsieur Giannini ? » Elle avance dans la cour dallée. Trois marches encore avant d'arriver à la porte principale. Entrouverte. Elle se racle la gorge et relance son appel, « Monsieur Giannini ? ». Elle entre. Beau parquet, belles moulures. La villa a été rénovée récemment. Sur la gauche, l'entrée est dotée d'un miroir en pied. Elle vérifie encore que tout est en place : la mèche, la bandoulière de son sac en cuir, le bas de son pantalon qui casse à peine sur le coup de pied. L'entrée débouche sur un vaste salon. Au moins cinquante-cinq mètres carrés, quatre fenêtres, exposé plein sud. Parfait.

Minimaliste et meublé avec goût. Une étagère presque vide sur tout un pan de mur, un tapis très épais, un écran plat au mur. Et le dossier d'un immense canapé de cuir en face. Tout est impeccable, là encore. À un détail près. Un pied nu. Qui dépasse du canapé. Un grand pied, blanc, qui pend légèrement au-dessus de l'accoudoir. « Monsieur Giannini ? » Monsieur Giannini doit dormir. Peut-être une mauvaise nuit. Ou alors une virée en boîte et un atterrissage en catastrophe dans le salon. D'accord, il est tôt, mais il savait qu'ils avaient rendez-vous pour l'évaluation du bien. Elle contourne le canapé par le côté où elle imagine qu'il a posé la tête. Elle n'a pas très envie de se retrouver face à des pieds dès le matin. Elle s'approche doucement en murmurant encore une fois son nom. Ses cheveux sont magnifiques, épais et bouclés avec quelques traces de gris, ses épaules, larges et musclées. Sa langue est bleue en dehors de sa bouche déformée et ses yeux noirs exorbités la regardent fixement. Elle ne sait pas si elle a crié. Mais elle a fait pipi dans son tailleur bien coupé et ça a coulé dans ses bottines extrêmement chères.

1

Je m'éveille doucement avec l'odeur du café. Paul Newman n'est pas mort. Il est accroupi devant le feu de camp, le Stetson négligemment repoussé sur l'arrière, une tasse à la main. Il me regarde. Avec ces yeux bleu-bleubleu qui pétillent. Et ce sourire qui veut dire, tu es la plus belle femme du monde, tes cheveux légèrement emmêlés, tes paupières encore lourdes, je n'ai jamais rien vu d'aussi sexy. Il me tend la tasse en fer-blanc dans un geste d'invitation. Je me redresse, consciente de l'herbe verte et du ciel immense du Montana. Je m'approche lentement d'une démarche féline, tends les doigts jusqu'à toucher la main quitaptaptap. La main recule. Mes doigts se tendent encore pour attraper la tassetaptaptap.

Je m'éveille pour de bon. Le mur blanc de la chambre fait disparaître le ciel du Montana, le filet de bave qui coule à la commissure de mes lèvres achève de me convaincre que Paul Newman est mort. Taptaptap. J'enfouis la tête dans l'oreiller, sachant que c'est inutile. Puis je m'assois, jette un coup d'œil au réveil et lâche une salutaire bordée d'injures à base de maisons closes, de dames qui y exercent et de matière fécale. Une bien longue tirade, le temps de me calmer. Puis avec un gros soupir, j'enfile ce que je trouve au pied du lit, sors de l'appartement, traverse le palier et vais frapper à la porte en face.

« Monsieur Bertolino ? »

La porte s'ouvre sur un vieil homme en T-shirt et pantalon de jogging, avec de petits cheveux blancs comme un duvet d'oisillon sur le crâne et un marteau à la main.

Monsieur Bertolino est mon voisin depuis longtemps. Je lui rends quelques services – le pain, le journal. Lui m'offre un café dans son petit salon. On échange deux mots, surtout sur le temps qu'il fait ou celui qui passe.

« Oh, mon petit ! Quel plaisir ! Entre prendre un café. »

Il est ravi de me voir, grand sourire édenté et yeux qui pétillent.

« La photo est encore tombée, Amédée ?

— Oui. C'est fou. Je l'ai remise il y a quelques semaines et crac, elle est retombée. »

En fait, c'était avant-hier soir, à l'heure où les animateurs télé s'époumonent dans le poste. Lorsque l'un d'entre eux a hurlé le nom du champion, son cri a été ponctué des taptaptap caractéristiques du marteau de monsieur Bertolino plantant son clou. Les murs de son appartement doivent être faits de plâtre. Rien de ce qu'on y accroche ne tient. D'ailleurs Amédée n'a rien à accrocher. Sauf la photo de son mariage, à l'abri dans ce cadre si lourd qu'on dirait qu'il est en plomb. Alors, régulièrement, le cadre tombe et monsieur Bertolino empoigne le marteau qu'il garde à portée de main.

J'ai tenté de lui faire changer l'encadrement pour du plus léger, lui ai offert un sous-verre, un truc qu'on pose sur la commode… Mais non, monsieur Bertolino tient à son cadre plombé. Après chaque chute, il trouve un nouvel endroit et plante un clou. Ses murs ressemblent à du gruyère.

« Amédée, vous savez, il est 5 heures du matin. C'est très tôt pour prendre un café. Ou planter un clou. »

Il me regarde d'un air interrogateur et jette un coup d'œil à sa montre arrêtée depuis la nuit des temps. Je lui prends le marteau des mains et le reconduis dans sa chambre. Au passage, je hisse la photo sur le plateau du buffet. Ça ne sent pas très bon chez monsieur Bertolino, mais je commence à avoir l'habitude. Je recouche doucement le vieux monsieur et sors du petit appartement en refermant la porte. En bas de la volée de marches qui mène à l'étage inférieur, j'aperçois le visage de la voisine du dessous venue s'enquérir du tapage, ou plutôt *ficanasser*, comme tout habitant du Vieux-Nice qui se respecte. Je fronce les sourcils et grimace un sourire furieux qui fait disparaître la tête de vieille pie dans ses appartements.

Sur le palier, Dan vient de se matérialiser. Un visage taillé à la serpe. D'immenses yeux noirs. Un front balayé par des mèches brunes. Mon Pasolini. Mince, beau, élégant, comme d'habitude. De loin, l'illusion est parfaite. Lorsque je m'approche, je reconnais l'œil vitreux et la tête à l'envers de celui qui n'a pas bu que du jus d'orange pendant la nuit.

« Encore Bertolino ? »

Son haleine me frappe de plein fouet et confirme la première analyse. J'ai arrêté de boire depuis des années, conséquence d'un foie malmené, mais je sais encore reconnaître les effluves rhum/tequila/vodka. La voix est pâteuse comme un fond de polenta trop cuit.

« Oui, encore.

— Et bien sûr, tu ne l'as pas engueulé.

— Effectivement. Et toi, ça va ?

— J'ai rencontré quelqu'un.

— Génial »

Coup d'œil circulaire, il est apparemment seul.

« Hiersoirtoutàlheurecematin, je ne sais plus, je l'ai croisé quelque part. Au Médicis ou chez Lisa. C'est quelqu'un qui a besoin de ton aide. Je lui ai donné ton numéro. Il t'appelle aujourd'hui.

— C'est dimanche aujourd'hui.

— C'est urgent. »

Sur ce, il pivote dignement, vacille à peine en direction de sa chambre et s'écroule sur son lit. Je pars me recoucher. Je referme très fort mes paupières, mais Paul Newman a définitivement disparu. Pour glaner quelques heures de sommeil en plus, je gobe mon petit copain chimique.

*

Je me réveille vers 13 heures. Le temps de prendre une douche et de me demander si j'ai faim, mon portable vibre, affichant un numéro que je ne connais pas.

« Madame Boccanera ? J'appelle de la part de Dan. »

Monsieur Hiersoirtoutàlheurecematin. Sa voix est un peu sourde.

« Est-ce que je peux vous rencontrer rapidement ?

— Rapidement comme… ?

— Aujourd'hui, par exemple. Cet après-midi ? »

Je devrais refuser : j'ai toujours été contre le travail du dimanche. Mais j'entends un vrai désarroi dans sa voix. À cette émotion-là, je n'ai jamais su résister.

Je me suis laissé une bonne heure avant de rejoindre le bureau, quelques rues plus bas. Sur le côté de l'une des portes en mauvais état de la place Saint-François, une petite plaque annonce : GHJULIA BOCCANERA ENQUÊTE. Au singulier, comme dans « Et qu'est-ce qu'elle fait Ghjulia, en ce moment ? Ben, elle enquête. »

C'est un petit deux-pièces au dernier étage. Minuscule mais je m'en fous, il y a de la lumière. Dans le Vieux-Nice, la seule possibilité de voir le soleil, c'est de s'élever dans les étages, dans ces immeubles centenaires qui n'ont pas la place pour une cage d'ascenseur. Je ne suis presque pas essoufflée en ouvrant la porte, juste un peu agacée à la perspective du rendez-vous. Le soleil qui s'engouffre par la fenêtre me console tout de suite. Je m'assois devant mon portable et commence à relever mes mails. J'ai à peine le temps d'en lire deux qu'on frappe à la porte.

« C'est ouvert ! »

Le jeune homme qui entre a l'air d'un gamin. Je lui donne un petit quart de siècle. C'est l'un de ces nouveaux clones qui peuplent la place du Pin. Cette place vieille comme le monde a été rénovée récemment. On y circule moins et on y respire mieux. Comme tout quartier populaire passé aux nouvelles règles d'urbanisme, c'est devenu le paradis des bars et de la bouffe, des concept-stores et des magasins de fringues – un Éden rempli majoritairement d'Adonis qui semblent ne jamais dépasser les vingt-cinq ans même quand tu sens qu'ils sont plus près de l'andropause que de la première communion. Disparus le magasin d'électricité générale ou la vieille librairie, les petits bars sombres et un peu *pégueux*. Ce changement s'est opéré très vite, sous les branches du pin qui donne son nom à la place, lui aussi replanté quand l'original a déposé les armes. Si l'on excepte l'irréductible horloger dont la boutique atteint péniblement six mètres carrés et le vaste bâtiment style années trente du Secours populaire, j'ai du mal à reconnaître le quartier de mon enfance.

Tu vieillis, Boccanera ! Si les gens sont heureux de vivre dans une monoculture de restaurants et de bouffer du hamburger sans viande à 15 €, laisse pisser et concentre-toi sur ton client.

Cheveux courts sur les côtés, lourde mèche brune et tordue, barbe de quatre ou cinq jours parfaitement maîtrisée, tatouage tribal qui ne rime à rien sur les deux avant-bras, bagues en argent. C'est un beau garçon très triste, avec des yeux de Bambi qui a perdu sa maman. Il me serre la main, une poignée douce sans être molle, et s'assoit.

« Que puis-je faire pour vous, monsieur… ?

— Lasalle Dorian. Dan m'a dit que vous pourriez m'aider. »

Pause. Il me regarde, m'étudie. Moi aussi. J'ai toujours un peu de mal avec les gens qui se présentent nom de famille en avant, cela me rappelle le terrifiant « Lacombe Lucien, police allemande ». Presque le même âge que Lasalle Dorian. Je patiente en attendant la fin de l'évaluation.

« Mon ami est mort il y a quatre jours. On l'a retrouvé étranglé.

— L'ingénieur ? »

L'affaire a fait la Une du journal. Un ingénieur italien retrouvé mort dans son salon, nu et étranglé ; la villa avait été cambriolée. Le ton putassier du quotidien sous-entendait que l'homme s'était livré à un jeu sexuel ayant mal tourné avec quelqu'un qui en avait profité pour faire main basse sur des objets de valeur.

« Oui, Mauro. Mauro Giannini. »

Il est bouleversé mais sa voix douce est posée et ferme. Je sens qu'il fait des efforts pour tout contrôler. Pour l'instant il y parvient plutôt bien.

« D'après le journal, la police semble penser que c'est un accident, que…

— La police dit n'importe quoi ! Ils ont trouvé un pédé étranglé et en ont tiré leurs conclusions ignobles. Ils ne m'ont même pas écouté quand je leur ai dit que ce n'était pas possible. Que cette histoire d'“asphyxie érotique” avec un partenaire inconnu, c'était n'importe quoi.

— Monsieur Giannini ne pratiquait pas ce genre de jeu ?

— Mauro et moi, nous devions nous marier dans un mois. Puis nous installer à New York. Il avait reçu une promotion pour partir là-bas, et moi, j'ai trouvé du travail dans un café de Manhattan. Il a mis sa villa en vente pour permettre de nous installer tous les deux. Vous croyez vraiment qu'il aurait gâché tout ça pour un plan d'un soir ? Et puis les trucs comme ça, la strangulation, ce n'était pas pour lui. C'était quelqu'un de tendre et de… »

Visiblement, il perd le contrôle qu'il s'était imposé. Je sors la boîte de Kleenex du tiroir. Dorian essuie ses yeux puis se mouche avec soin, une narine après l'autre.

« Pardon… Vous me trouvez ridicule ?

— Non, je vous trouve… ravagé par la mort de votre compagnon. Je ne vois pas en quoi ce serait ridicule. Vous n'étiez pas ensemble ce soir-là ?

— Non. J'étais invité à un mariage : ma cousine, du côté de Paris. J'y suis allé sans lui. J'ai essayé de le joindre plusieurs fois mais je tombais tout le temps sur la messagerie. J'ai commencé à m'inquiéter vraiment.

Et le lendemain matin, j'ai eu un appel de la police pour m'annoncer la nouvelle. J'ai pris le premier vol…

— À quel moment l'avez-vous eu au téléphone pour la dernière fois ?

— Vers 19 heures. Il était encore au travail.

— Vous l'avez eu sur un fixe ou sur son portable ?

— C'était son téléphone au bureau.

— Quelque chose a été volé chez lui ?

— Les ordinateurs, la tablette, du liquide qui traînait…

— D'accord. Parlez-moi de lui. Il était italien ?

— Oui. Il venait de Florence. » Une pause. « Vous connaissez Florence ? » Oui, je connais mais je ne veux rien interrompre. « C'est la plus belle ville du monde. Vous vous promenez dans les rues, c'est beau partout : les palais, les églises, les jardins… On a l'impression que les gens font attention à tout faire en beauté. Comme Mauro. Il faisait attention à ce qu'il portait, ce qu'il disait. Mais de manière naturelle, sans être snob. Il disait qu'il ne voulait pas "rajouter de la laideur dans un monde qui l'est déjà suffisamment". Il était comme ça. Il m'a appris tellement ! Il savait tant de choses : les livres, l'art, le cinéma… Moi, je ne connaissais que ce qu'on voit à la télé.

— Comment vous êtes-vous rencontrés ?

— Je suis plombier. Je travaille dans l'entreprise de mon père. Il avait appelé pour un problème de siphon. »

Je repousse une voix faussement posée qui ressemble à celle de Dan et qui susurre dans ma tête : « Évidemment, tu es venu lui déboucher les tuyaux. » Putain, mon cerveau, tu ne peux pas juste enregistrer sans en rajouter ?

« Ça a été un vrai coup de foudre. Il n'a pas voulu qu'on vive sous le même toit, mais on était ensemble. Il m'a demandé en mariage rapidement… Au lieu d'une bague de fiançailles, il m'a offert ça. »

Il sort un médaillon de sous son T-shirt. C'est le portrait peint d'une femme aux cheveux noirs, de trois quarts, légèrement penchée en arrière, un bras levé tenant un pinceau, une palette dans son autre main. La lumière tombe sur son bras, son visage et son décolleté, le reste se confond presque dans des tonalités pourpres du mur et vert-de-gris de la robe. L'expression du visage est concentrée, tendue vers une œuvre que l'on ne voit pas. La reproduction de l'*Allégorie de la peinture* est remarquable de précision dans cet ovale si petit.

« C'est Artemisia Gentileschi, une femme peintre du XVIIe siècle. Elle a vécu à Florence. Mauro l'aimait beaucoup. Nous avons vu certains de ses tableaux aux Offices. Celui-là est en Angleterre »

Il a repris son sang-froid et parle un peu comme un guide touristique. Je m'attends à l'entendre dérouler la fiche biographique de l'artiste, alors je coupe court.

« Avant vous, il fréquentait quelqu'un ?

— Je pense, mais je ne sais pas qui c'était. Vous savez, il était très discret. Ce n'était pas le genre à parler de… de ses relations.

— Pas de photos chez lui ?

— Non. Je ne pourrais même pas vous dire si c'était un homme ou une femme.

— Parce qu'il était bisexuel ?

— Je ne dirais pas comme ça. Mauro m'a toujours dit qu'il était attiré par les gens, pas par leur genre. Qu'il tombait amoureux d'une personne, et que le reste était secondaire.

— Quel était son travail ?

— Il était ingénieur, responsable de… quelque chose d'important sûrement. Chez Rafaelo, le groupe de construction.

— Est-ce qu'il avait des problèmes ? Est-ce qu'il vous avait parlé de quelque souci ?

— Non, en fait, il ne me parlait pas de ce qu'il faisait. D'après lui, ce n'était pas intéressant. J'ai bien voulu savoir, mais après tout… Et puis, il y a une dizaine de jours, je l'ai vu rentrer soucieux. Je lui ai demandé s'il avait des problèmes au travail. Il m'a répondu : "Ne t'inquiète pas, ce n'est pas la peine de t'encombrer la tête avec mes histoires." C'était un peu vexant, comme si j'étais un gosse qui ne comprenait rien et qu'il fallait protéger…

— C'était en rapport avec son boulot, d'après vous.

— Oui, parce que tout le reste allait bien, sinon. »

Énorme soupir qui semble le surprendre lui-même.

« Qu'est-ce qu'en dit sa famille ? Vous les connaissez ?

— Sa famille… Il ne reste que son frère. Il est venu récupérer le corps… après que je l'ai identifié. Je ne l'ai pas rencontré.

— Est-ce que vous avez une photo de lui ? Il n'y en avait pas dans le journal. »

Dorian prend son portefeuille dans sa poche intérieure. Il en sort un tirage façon Polaroid. Dorian et Mauro se tiennent par la taille et regardent l'appareil en souriant, flûte de champagne tendue vers l'objectif. Il fait nuit, ils sont très élégants. Très beaux et très heureux. Mauro est grand, athlétique, des cheveux bruns bouclés un peu fous, on dirait un portrait peint par le Titien. Certains ont la grâce. Mais ça ne dure pas longtemps.

Dorian se baisse, ramasse son sac et le pose sur ses genoux.

« Madame Boccanera, je veux connaître la vérité. La vraie. Pas l'histoire stupide que la police se raconte, parce que c'est une solution toute prête pour eux. »

Il sort une enveloppe kraft et en verse le contenu sur le bureau. Des billets de 200 €. Beaucoup. À vue de nez, je compte dans les 5 000 €. Je sens que mon regard se fait inquisiteur, malgré moi.

« Je travaille depuis que j'ai seize ans. Et tous les mois, j'ai mis un peu de côté. Ça fait presque dix ans. Cela devait nous servir à New York. Je sais qu'il gagnait beaucoup plus que moi, mais je ne voulais pas dépendre de lui pendant notre installation… Maintenant, tout ça, c'est fini, et je veux savoir qui a tué Mauro. Voilà 5 600 € pour ce travail. »

Je le regarde. Dorian s'applique à ne pas ciller. Il s'applique beaucoup, ce garçon : se tenir bien droit, choisir les tournures de phrases les plus correctes, ne pas pleurer. Il est désespéré et déterminé.

« C'est trop, monsieur Lasalle. Je ne pas peux prendre tout cet argent. Je vais vous faire un reçu pour la moitié et vous reprenez le reste. Si dans une dizaine de jours je n'ai pas avancé, nous ferons un point ensemble

— Non. Vous prenez tout. Cet argent ne doit servir qu'à ça. »

Il remet les liasses dans l'enveloppe et la pousse vers moi. Je sors mon carnet à souche de reçus (très moderne) qui dort généralement à côté des Kleenex dans le tiroir, remplis le papier et le lui glisse en retour. Il se lève, je l'imite et on se serre la main par-dessus le bureau. Juste avant d'arriver à la porte, il se retourne :

« Madame Boccanera ?

— Oui ?

— Comme nous allons nous revoir et nous téléphoner, j'aurais voulu savoir comment se prononce votre prénom… C'est Guejulia ?

— Non. *Diou*lia.

— C'est… particulier.

— Non, c'est corse. »

*

Dorian parti, je lance une recherche sur l'affaire Giannini. Pas grand-chose au niveau national, les éditions régionales des gratuits reprennent toutes la même dépêche

AFP. Seul le quotidien local affiche deux titres, le premier étant le papier que j'ai déjà survolé, le second, une brève pour indiquer que l'enquête piétine.

Je relis le premier article, en fronçant le nez sans même m'en apercevoir, comme si une odeur dégueulasse s'échappait de l'écran. Je reconnais que l'unique quotidien de notre bonne ville a récemment fait des efforts sur sa ligne éditoriale, un peu moins au service des notables qu'auparavant et plus mesuré devant la misère qui nous arrive de la Méditerranée. Mais, malgré tout, il fonctionne toujours avec ce vieux fonds de commerce du fait divers glauque et anxiogène. Dans le cas de l'assassinat de Mauro Giannini, ils ont confié l'affaire à un orfèvre. Un équilibre parfait entre la description clinique de la villa cambriolée et celle, un peu plus insistante, du cadavre nu que l'on y a découvert. Le tout saupoudré de sous-entendus graveleux sur les bienfaits de l'asphyxie érotique sur l'activité sexuelle en général, et sur celle de Giannini en particulier. L'allusion au fait que l'ingénieur entretenait des relations avec un homme plus jeune que lui boucle l'article. Rien de neuf, aucune info, sauf le nom du commandant chargé de l'enquête. Je souris. De toute façon, je comptais l'appeler.

« *Hey Jo !*

Where you goin' with that gun in your hand ?

— Salut Diou, ça va ?

— Oui. Dis-moi, j'aurais besoin d'un renseignement…

— Dis, tu n'y arrives toujours pas, hein, à mettre les formes ? Tu sais, quelque chose comme, “Et toi, ça va ? Ça fait longtemps, qu'est-ce que tu deviens ?" Tu vois, quoi. Le genre de choses que les gens civilisés se disent au téléphone quand ils ne se sont pas vus depuis au moins cent ans… »

Son ton est loin de la colère. Il a l'habitude.

« Jo, ça va, excuse-moi… J'ai une affaire un peu compliquée qui me tombe dessus.

— Oui, je me doute : tu ne m'appelles que si tu as besoin de moi. »

Pas faux. Mais pas entièrement vrai non plus. Je ne peux pas lui dire le nombre de fois où je n'ai pas appelé alors que j'avais besoin de lui. Au beau milieu de la journée, de la nuit, d'un café, d'une phrase. Le silence dure quelques secondes.

« Bon, raconte, c'est quoi ton histoire ?

— L'Italien qu'on a retrouvé étranglé. Tu pourrais m'en parler ?

— Je te rappelle que tu ne fais pas exactement partie des forces de police. Je ne vois pas pourquoi je t'en parlerais. Tu sais, il y a une notion qui s'appelle la confidentialité…

— Allez, je veux juste que tu me dises ce que tu en penses.

— Et c'est urgent, je suppose.

— Tu es libre aujourd'hui ?

— Oh Diou, tu n'exagères pas un peu, là ? »

J'attends encore, les yeux fixés sur les toits du Vieux-Nice.

« Bon, de toute façon, je dois être à Garibaldi vers 19 heures. On se retrouve à 18 heures.

— Devant la statue ?

— *Ié.* »

Je raccroche et je me tapote l'arête du nez avec mon portable. Joseph Santucci, l'homme de ma vie, enfin d'une grande partie de ma vie. Beau, intelligent, attentionné. Pour la plupart des gens, un ours qui semble en guerre permanente avec le reste du monde. Moi je sais qu'il est drôle. Un Corse avec le sens de l'humour, c'est suffisamment rare pour être choyé. Et je sais aussi qu'il tient ça de Léonie, sa grand-mère ivoirienne. Je l'ai brièvement connue avant sa mort. Je me souviens de ses rugissements de rire. Je me suis toujours dit qu'il fallait un sacré sens de l'humour à une femme noire pour survivre à l'Alta Rocca corse de l'après-guerre. Son petit-fils est devenu un motard tranquille, joueur de banjo, buveur de blanc sec. Et commandant de police. Quand nous étions ensemble, c'était mieux que bien. Mais finalement, rien n'avait pris la tournure attendue. Parce que nous n'attendions pas la même tournure.

Je rentre chez moi et glisse l'argent sous mon matelas, me demandant encore une fois si je dois faire confiance à ma banque alors que tout autour de moi me crie de me méfier des vautours. Mon téléphone sonne.

« Dioulia ?

— Oui Dorian.

— J'ai oublié de vous dire tout à l'heure : l'agent immobilier qui a découvert Mauro… elle a gardé les clés, c'était mon trousseau.

— Vous n'êtes pas retourné à la villa depuis ?

— Non… Et je crois que je ne suis pas encore prêt. Je voudrais récupérer des photos surtout, des souvenirs. Mais plus tard, quand je me sentirai assez fort. Vous pouvez sans doute demander à la dame de vous faire entrer. Madame Tordo, de l'agence Tordimmo. »

Élisabeth Tordo. Je me retrouve projetée trente ans auparavant dans la cour du lycée, désaxée parmi les désaxés, regardant passer les poupées mécaniques et puissantes qui dominaient ce monde d'alors. Des lignes toujours fluides, des normes et des codes maîtrisés, des regards méprisants qui tombent sur ceux d'en bas, les gueux qui font parfois obstacle à leur progression vers un futur radieux, hérité clés en main de leur famille. Élisabeth Tordo faisait partie de celles qui n'ont jamais eu à se battre, l'avenir leur étant acquis de toute éternité.

« Merci Dorian, j'irai la voir demain. »

*

Dan met du temps à cuver sa cuite. Il émerge vers 16 heures et prépare un liquide vaguement kaki dans la centrifugeuse.

« C'est détox, Diou, ça va nous faire du bien.

— Je n'ai pas bu, Dan.

— C'est pas grave, c'est bon pour ce que tu as. Bois.

— J'ai rencontré ton Dorian.

— Ce n'est pas mon Dorian. Qu'est-ce qu'il voulait ?

— C'est à propos de l'homme qu'on a retrouvé étranglé dans sa villa. Tu vois ?

— Oui… Je crois que quelqu'un m'en a parlé récemment.

— Et qu'est-ce qu'on t'en a dit ?

— Rien. Des conneries. Comme ce type ne sortait pas en boîte, enfin pas par ici en tout cas, personne ne le connaît. Donc tout le monde raconte n'importe quoi : certains s'amusent même à se faire peur en parlant d'un tueur de pédés. Tu vois le genre.

— Apparemment, c'était un amateur d'art. Tu ne l'as jamais vu à la galerie ? »

Je sors la photo que m'a confiée Dorian.

« Non… Pas chez moi. Mais je peux me renseigner. »

Je ne lui demande même pas d'être discret. Dan est le frère que je me suis choisi, et je lui fais confiance plus qu'à moi-même. Ce grand type toujours calme s'est installé dans mon appartement quand, Jo parti, celui-ci est devenu beaucoup trop vaste pour moi. Une colocation qui nous va bien : il a investi la cuisine, je déguste chaque plat ; c'est un oiseau de nuit, je me bats avec mes insomnies ; il aime les vernissages et les soirées mondaines, je me ressource avec mes potes et une part de socca… On s'accorde en ne se ressemblant aucunement. Il est le roc qui m'a permis de ne pas sombrer et qui continue périodiquement à me maintenir au-dessus de la ligne de flottaison.

Pour l'heure, le roc sirote son liquide vert tandis que j'avale péniblement deux gorgées.

« Putain, Dan, ça sent l'artichaut, c'est pas possible, ce truc ! »

Devant son air agacé, je me dépêche de terminer d'un trait en ponctuant mon exploit d'une immonde grimace de dégoût. Dan me tire la langue. On a douze ans à nous deux. Tout va bien.

*

Cela fait bien trois ou quatre mois qu'on ne s'est pas vus. Lorsque Joseph enlève son casque, je remarque ses cheveux presque ras. Et la petite demi-douzaine de kilos qui semblent s'être installée sur sa carcasse.

« Tu t'es coupé les cheveux ?

— Oui. Et j'ai arrêté de fumer. »

On s'installe en bout de terrasse, laissant quelques tables entre nous et les touristes d'arrière-saison. En attendant notre commande, on se parle – un peu, on se regarde – beaucoup, on se jauge – sans même s'en apercevoir. L'ancienne intimité s'est transformée en autre chose, un genre de connaissance et d'acceptation pleine de l'autre. Oui, quelque chose comme ça.

Verre de blanc, eau qui pique, olivettes. Le serveur s'éloigne, la conversation peut commencer.

« L'ingénieur italien. Qu'est-ce que tu en penses ? Oups, pardon. Comment va, Jo ? Tu as l'air en pleine forme.

— Ça va plutôt bien en ce moment. Figure-toi que cet après-midi, je me préparais à mon rencard du soir quand une sociopathe m'a appelé pour que je lui raconte des histoires du strangulation. Je l'ai matée en lui donnant rendez-vous au café.

— Elle t'a lâché ?

— Non. Mais je remarque les efforts surhumains qu'elle déploie pour paraître sociable.

— Cette sociopathe, qui ne peut être foncièrement mauvaise puisqu'elle essaie depuis des années de t'empêcher de boire ce blanc qui fait des trous dans ton estomac, mérite donc quelques réponses.

— C'est possible. Peut-elle les formuler précisément ?

— Qu'est-ce que tu as ressenti en voyant la scène ? »

Je connais son talent d'enquêteur. Je connais sa perception particulière qui lui fait douter des évidences. Quelque chose qu'on a en commun. Qui nous a empêchés de nous bercer d'illusions et de nous mentir à nous-mêmes. Cette sensibilité qui donne une lucidité trop tranchante quand il s'agit de vivre ensemble.

« Il était nu sur le canapé dans le salon, au rez-de-chaussée, étranglé. La villa a été visitée. Surtout à l'étage. On a volé son ordinateur portable, quelques bijoux et du liquide qui traînait dans la chambre. Deux ou trois cents euros. Ça ressemble beaucoup à ce à quoi ça a l'air : un meurtre et un vol. Après, le mobile… Ce pourrait être quelqu'un qu'il a ramassé dans la rue et qui l'a assassiné pour faire main basse sur ses biens de valeur. Ou alors, un amant qui l'a étranglé par accident et qui a mis en scène un cambriolage pour se couvrir.

— Tu penses qu'il connaissait le gars ? Il n'a pas pu être surpris ? Les voisins n'ont rien entendu ?

— On a trouvé des traces de GHB dans son sang, tu sais, la drogue du viol. Donc il n'a pas résisté. Il a dû être tué vers 22 heures. À cette heure-là, personne ne dort, mais la maison est bien insonorisée. Double ou triple vitrage, tu vois.

— Il y a eu un rapport sexuel ?

— Non.

— Ça ne te paraît pas bizarre ?

— Non. Dans la première hypothèse, les agresseurs – ils bossent souvent à deux dans ce *modus operandi* – l'ont l'étranglé puis l'ont déshabillé. Dans la seconde, ils n'en étaient qu'aux préliminaires avant l'accident.

— Son compagnon affirme qu'il ne faisait pas ce genre de trucs, qu'il était fidèle.

— *Aïo*, Diou ! Évidemment qu'il dit ça... Tu imagines ? La situation est déjà atroce, si en plus son mec était infidèle...

— Mais le GHB, c'est pas quelque chose qu'on avale sciemment. Quelqu'un lui a fait boire en douce.

— Justement, le GHB, on le glisse dans un verre, dans un bar, en boîte. C'est rarement servi à la cantine de l'entreprise. Il est sans doute sorti boire un verre ou deux sans son compagnon, puisque celui-ci était à Paris pour un mariage. Le problème, c'est qu'on ne sait pas où. Il a quitté son travail vers 19 heures. Et après...

— C'est une mise en scène d'après toi ?

— Oui, bien sûr. À mon avis, le meurtre n'était pas prévu au programme. Soit il a essayé de se défendre avant que le GHB n'agisse vraiment et les gars l'ont supprimé, ont cambriolé la villa puis ont maquillé ça en jeu sexuel qui a mal tourné. Soit le jeu sexuel a vraiment mal tourné, et c'est le cambriolage qui est une mise en scène, ou une opportunité... On cherche du côté de lascars qui auraient déjà fait ce genre de guet-apens ou d'un amant de passage, peut-être même un tapin. »

Ça paraît logique. Je fixe mon verre vide, j'essaie de trouver une troisième voie : les inflexions désespérées de Dorian résonnent toujours dans ma tête.

« Il n'a jamais porté plainte contre quelqu'un, jamais eu de problème signalé chez vous ?

— Bof, à part une main courante parce qu'on avait tagué sa bagnole avec PÉDÉ d'un côté et ENCULÉ de l'autre... C'est la seule chose. Je ne pense pas que c'était le signe avant-coureur d'un meurtre. D'autres questions ?

— Tu as un rencard ce soir ?

— Ça, figure-toi, chère sociopathe, ne fait pas partie des questions auxquelles je suis prêt à répondre

— Allez... tu l'as laissé filtrer exprès. Je te connais comme si je t'avais fait... »

Ces mots sont sortis avant que je ne réfléchisse et quand je réalise, je voudrais pouvoir les aspirer et les ravaler. Si Joseph Santucci est parti, nous mettant la mort dans l'âme à tous deux, c'est bien parce que je ne voulais pas. Concevoir, me reproduire, perpétuer l'espèce... Faire un enfant. Ni en adopter un. Jamais. J'aime les enfants, les enfants des autres, tous les enfants de la terre. Mais je ne me suis jamais sentie en droit ni en capacité de devenir mère. C'est un sentiment que j'ai toujours réussi à expliquer et défendre fermement, face à mes copines et même à mes parents. Et c'est une certitude que je n'ai pu que bafouiller auprès d'un Joseph abasourdi quand notre trentaine commune fut venue. Pendant des années, il m'a écoutée puis a tenté de me convaincre du contraire. Il a fallu aller voir les copines qui accouchent, avec lui et ses yeux humides, aller voir sa mère qui n'attendait qu'une chose dans la vie et ne comprenait pas pourquoi son fils et sa belle-fille lui refusaient ce bonheur. Mais je suis incapable de devenir mère. Je ne le veux pas. Même pour l'homme le plus drôle, le plus gentil et le plus attentionné de la terre. Un jour, je suis allée me faire opérer. Pour être sûre que rien ne pourrait m'arriver. Surtout pas le dilemme d'un avortement. Dit comme ça, ça a l'air simple, mais j'ai dû me farcir tous les discours moralisateurs et paternalistes de l'omnipotente planète médicale : « Mais, vous vous rendez compte ? C'est définitif ! » (Oui, je me rendais compte, et c'était exactement ce que je voulais.) « Vous risquez de le regretter plus tard. Revenez quand vous aurez eu un enfant… » (Euh non, justement.) « Vous devriez avoir honte, madame, si vous saviez le nombre de femmes qui veulent désespérément avoir un enfant et qui ne le peuvent pas. Et vous, vous refusez ! » (Je veux bien échanger mon utérus et mes trompes de Fallope avec l'une d'entre elles.) La plupart de ces gynécos étaient des femmes et elles m'ont toisée avec colère, mépris et haine. Je les ai toutes violemment détestées de me culpabiliser et de me faire sentir comme une sous-merde. Dans ma tête, je les ai descendues les unes après les autres d'une balle entre les deux yeux. Le dixième obstétricien que j'ai vu, à bout de nerfs, était un vieux monsieur très doux, très tranquille. Lorsque j'ai débité ma requête d'une seule traite, les dents serrées, prête à lui faire avaler le verre de Murano posé sur son bureau en cas de sermon, il m'a souri et m'a dit : « On n'est pas tous faits pour devenir parents. Certains auraient même bien fait de s'abstenir… » Ça n'a pas duré longtemps et je suis rentrée rapidement à la maison, mes trompes ligaturées. Et Jo est parti.

« Désolée, Jo. C'est très con comme expression.

— Bon, j'y vais. *Basgiu.* »

Je le regarde se lever, enfiler son casque et enfourcher sa moto. Il fait un signe de la main et s'en va, pétaradant dans le soleil couchant. Je me mettrais des baffes.

2

Le lendemain matin, je dois sérieusement envisager de prendre le bus pour aller à l'agence immobilière. Ma Vespa est en panne depuis une semaine ; je me décide à la rouler jusqu'au garage de Mo, poussant dans la montée Saint-Augustin et freinant des quatre fers dans la pente de la rue Sincaire. En arrivant rue Ségurane, je jette un coup d'œil blasé aux travaux pharaoniques du futur tramway sous-terrain, en me jurant comme d'habitude que je ne monterai jamais dans ce pseudo-métro qui doit déboucher sur le quai du port. Je me demande combien de temps s'écoulera avant qu'il ne devienne un véritable sous-marin.

Chez Mo, on ne répare que les deux-roues : pas le choix, le passage Ségurane n'excède pas les deux mètres de large. Café maison dans un gobelet, inspection rapide (« viens la chercher après-demain »), salutations (« bises à Zeinah et aux enfants »), je me dépêche vers la place Île-de-Beauté pour attraper le bus. À Nice, le bus n'est pas un mode de transport, c'est une épreuve délibérée imposée par la mairie. Son organisation semble avoir été décidée par un fou furieux dont la seule ambition est d'emmerder un maximum de Niçois au quotidien. Allié à son copain chargé de l'urbanisme qui décide de commencer les travaux sur les axes principaux au mois de juin, pour être sûr que le million de touristes attendus l'été pourra en profiter, cela donne une paire de grands malades qui jouent avec la carte des transports en ville.

Pour les déplacements interurbains, c'est encore plus drôle. L'une des lignes fait le bonheur des estivants puisque, pour le prix d'un ticket, elle les emmène jusqu'à Monaco. L'été, on peut attendre jusqu'à dix minutes avant de réussir à monter dans le bus. Donc, une file (lorsque ce sont des Anglais) ou un troupeau (le reste du monde) s'étire sur des dizaines de mètres au terminus, attendant de monter au compte-gouttes car seul un battant de la porte avant est ouvert. Comble de la perversité, le chauffeur est accompagné d'une seconde personne dont la fonction n'est pas de l'assister (comme en encaissant les billets pour accélérer le mouvement, par exemple), mais de demander aux voyageurs leur destination d'un air inquisiteur. Au bout de quelques minutes, chacun est prêt à marcher sur la tête de celui qui le précède pour avancer plus vite. La loi de la jungle sous couvert de service public. J'imagine un châtiment pour le responsable de ce merdier quotidien : tel Sisyphe roulant son rocher chaque jour et le voyant dévaler la pente avant d'atteindre le sommet, il serait condamné à patienter pour monter dans le bus et devoir en redescendre dès que celui-ci démarre.

Étonnamment, aujourd'hui, le flot des voyageurs est déjà passé et seule une petite dizaine de personnes patientent au terminus. Je m'installe sur la droite du véhicule pour profiter de la vue que je connais par cœur mais qui me ravit chaque fois. En grimpant par le boulevard Carnot, on commence à distinguer les toits des villas et la cime des pins parasols. Soudain, une première trouée : le bleu incroyable du ciel et de la mer, le trait des mouettes en haut, les voiles blanches en bas. C'est là que les touristes se précipitent sur leur appareil photo, mais le temps de dégainer, une façade gâche la fête. Encore quelques secondes et le bus passe devant *le* point de vue. La foule se rue alors vers les vitres pour mitrailler. Le port, la digue, le phare, la colline du château, la baie des Anges et la ligne parfaite de l'horizon… Aujourd'hui encore, un groupe de jeunes Japonaises s'extasient en même temps que des retraités anglais. Et ce n'est que le début d'un trajet qui longe la basse corniche et offre le spectacle quasi ininterrompu du scintillement de la Méditerranée sous les parasols vert sombre des pins qui la bordent.

Je descends en même temps que deux passagers, là où Maeterlinck s'était jadis fait construire un extravagant palais de marbre, aujourd'hui détruit et remplacé par une *exclusive residence* à 40 000 euros le mètre carré. L'agence immobilière d'Élisabeth Tordo est à quelques dizaines de mètres. C'est un joli petit bâtiment de plain-pied, presque entièrement recouvert de bougainvilliers éclatants. À côté, l'inévitable Mini blanche. Entre deux annonces de villas à vendre affichées en vitrine, j'aperçois le haut d'une tête blond platine penchée sur un écran d'ordinateur.

Lorsque je pousse la porte, une paire d'yeux bleus me dévisage. Je vois en une fraction de seconde la déception de flairer l'emmerdeuse qui ne veut rien acheter ajoutée à celle de me reconnaître, moi. On s'est franchement détestées au lycée. J'ai même dû lui piquer un mec ou deux dont je ne me souviens plus. Juste pour l'emmerder. Mais bon, c'était il y a plus de trente ans, il y a prescription. La blonde se ressaisit et se lève avec un sourire qui montre toutes ses dents blanches.

« Juliaaaaaaaa ! (Elle n'a jamais été foutue de prononcer mon prénom correctement.) Tu n'as pas changéééé ! » L'emploi de voyelles traînantes et hystériques ne masque pas le fait que cela n'a rien d'un compliment. Effectivement, mon jean, mon T-shirt et mes Docs d'aujourd'hui ressemblent en tout point à mon uniforme de lycéenne. J'étais déjà pas grand-chose à ses yeux, et apparemment je n'ai pas beaucoup évolué. Également faux-cul, je décide de me mettre au diapason, plaque un grand sourire radieux et tente une réciprocité. Mais le « Toi non plus » convenu et attendu a du mal à franchir mes lèvres. Le corps est toujours mince (on le sent maîtrisé à coups de séances d'abdos-fessiers complétées par des heures d'exercices sur machines) et l'allure aussi impeccable dans des vêtements hors de prix. Mais il y a trente ans, le front d'Élisabeth Tordo était plus mobile, ses yeux moins écarquillés et ses sourcils ne s'étaient pas rehaussés jusqu'à la naissance de ses cheveux. Cela lui donne un air bizarrement stupéfait. Quant à ces drôles de lèvres qui semblent avoir poussé à l'horizontale… elles ont l'air assez récentes.

« Toi, tu as rajeuni, semble-t-il.

— Non, penses-tu, j'ai la chance d'avoir un bon patrimoine génétique. »

On se regarde. Je sais, tu sais. On en reste là. J'ai besoin d'elle et je n'engage pas de passe d'armes.

« Tu ne cherches pas une maison… Je me trompe ?

— Non, tu as raison. Je suis venue à propos de Mauro Giannini. »

Le masque souriant d'Élisabeth tombe, même si les injections restent en place.

« Quelle horreur, Julia, je crois que je n'ai jamais rien vu d'aussi affreux. Et je suis sûre que je ne l'oublierai jamais. »

Sa voix est un souffle. Je la crois. Découvrir un cadavre, victime d'un meurtre, secouerait même le plus coriace des agents immobiliers.

« Je voudrais que tu me racontes ce qui s'est passé.

— Pourquoi ?

— C'est mon métier, Élisabeth.

— Tu fais partie de la police ? Mais ils m'ont déjà interrogée.

— Non, je ne fais pas partie de la police. Mais quelqu'un m'a demandé d'enquêter dessus.

— Tu es… détective privée ? Comme dans les films ? »

Et comme dans les livres aussi, mais la lecture ne faisait pas partie de ses pratiques de lycéenne, et ça n'a pas dû beaucoup bouger. Le regard d'Élisabeth change un peu.

« Ce doit être passionnant !

— Ça dépend. Je ne suis pas sur des enquêtes de meurtre tous les jours.

— Tu fais des filatures, tu rentres chez des gens en douce ? »

Oui, je fais ça. Je pirate des conversations privées aussi. Et parfois, je m'emmerde sec en cherchant des chiens perdus…

« Tu as une arme ? »

LA question, celle qui arrive dès que je parle de mon métier. Je sais que je déçois quand je dis la vérité. Alors je biaise.

« Pas sur moi, là… Tu peux me dire comment tu l'as trouvé, Giannini ? »

Élisabeth Tordo hésite encore, mais finalement, elle doit avoir besoin de vider son sac. Elle me raconte la porte entrebâillée, ses appels, le silence et ce pied. Rétrospectivement, ce pied l'effraie plus que la vision du corps lui-même. Plus que le visage déformé de l'ingénieur étranglé. Élisabeth Tordo a rencontré une situation dans laquelle elle n'a rien maîtrisé. Pas même sa vessie, semble-t-il. Cet épisode-là est sorti presque malgré elle. Je n'ai pas cillé devant ce cadeau.

« Tu n'as rien remarqué ? Je veux dire, à part le corps ? La maison avait été dérangée, chamboulée ?

— Au rez-de-chaussée, tout était propre, bien rangé. En fait, il n'y avait pas grand-chose. Très peu de meubles. Le genre minimaliste, tu vois – noir, blanc, un canapé, une étagère… C'est la police qui m'a appris que l'étage avait été cambriolé. Je ne suis pas montée, je suis sortie dans la rue pour les appeler.

— Et les portes étaient ouvertes ?

— Oui. Quand je pense que j'ai peut-être failli croiser celui qui a fait ça… »

D'après ce que m'a dit Jo, Mauro est mort dans la soirée. Donc, peu de chance pour elle de tomber dessus.

« Dis-moi, tu n'aurais pas gardé les clés par hasard ? »

La Tordo me glisse un regard par en dessous.

« C'est possible… Les flics ne me les ont même pas demandées.

— Tu me les prêtes ?

— OK. Une petite heure et tu me les ramènes. Puis tu me racontes ce que tu as trouvé. »

Difficile de dire non à une agente immobilière si bien refaite.

La maison de Mauro Giannini n'est pas loin de l'agence. La route forestière est une voie calme qui monte vers le massif du mont Boron. Les villas qui la bordent sont plus belles les unes que les autres. Rien de tape-à-l'œil, juste le luxe discret des vieilles demeures bourgeoises. Du blanc, des balustres, des terrasses ombragées, de la glycine qui grimpe, et derrière les grilles de fer forgé, des palmiers fiers et élancés. Ceux-là ont été épargnés par le charançon rouge, l'infernale bestiole qui a décidé de décimer les palmiers de la Côte d'Azur. Pour trouver la villa *Ernestine*, Élisabeth m'a indiqué : « Tu prends l'escalier qui monte vers le sentier des écoliers, c'est la première sur la droite. Ne t'inquiète pas, il n'y a pas d'alarme. » Facile, il reste encore la rubalise jaune et noire de la police. Je sors le trousseau de quatre clés, ouvre le portail, me baisse pour passer sous la bande plastique et entre dans la propriété. La villa est très jolie, blanche, simple, sur deux niveaux. Le garde-corps de la terrasse du premier étage est composé de balustres vernissées, d'un turquoise un peu passé. Une frise délicate souligne les quatre pentes du toit de tuiles plates. Le jardin est minuscule mais bien entretenu. Je suis nulle en botanique mais je reconnais un oranger et un jasmin, mes plantes préférées. Deuxième clé sur la boîte aux lettres, un magazine, de la pub, rien d'autre. Un chemin de dalles mène à la porte d'entrée. Troisième clé, le système de verrouillage est simple. Mauro Giannini n'était pas un obsédé de la sécurité. La porte s'ouvre sans bruit sur une entrée dépouillée. Face à moi, une œuvre saisissante : une arche, puis une autre, et encore une autre, dessinées sur une toile écrue. Un trait gris tout simple pour une perspective étonnante qui te fait plonger en avant. En y regardant de plus près, cette porte dessinée est structurée par des dizaines de lignes, chaque axe semblant ordonné et répondant à un autre. J'ai l'impression qu'on pourrait passer des heures à les suivre en choisissant des chemins à chaque fois différents. Par curiosité, je jette un coup d'œil à la signature. TOUSSAINT GERONIMI. Connais pas.

Juste derrière, une unique pièce qui fait office de cuisine-salon-salle à manger s'étale sur tout le niveau. Je remarque tout de suite le très grand canapé qui fait face au mur où est accroché un immense écran plat. C'est là qu'on a retrouvé Mauro. Je m'en approche doucement comme pour ne réveiller personne, j'en fais le tour. J'ai l'impression que l'assise porte encore la marque du corps. Je passe la main sur le cuir froid, la glisse entre les interstices des coussins… Le nombre de trucs que j'ai paumés comme ça, à la maison ! Les canapés sont des avaleurs de tout. Mais là, rien, celui-là est un modèle de sobriété. Je jette un coup d'œil sur le reste de la pièce. De ce côté, il n'y a qu'une étagère portant des bibelots. En face, c'est le coin cuisine. Les torchons empilés n'importe comment sur le plan de travail indiquent que les flics sont passés par là et ont totalement brisé l'esprit de cet endroit dessiné pour ne rien laisser paraître de ses fonctions. Tout est dissimulé dans des placards, derrière des portes qui pivotent ou sous des plans de travail qui coulissent. Mauro Giannini était un véritable adepte du design. Je fais pivoter et coulisser, en évitant de me mettre de la poudre noire de relevé d'empreintes partout. J'inspecte les rares boîtes et paquets de pâtes, fouille parmi les couverts, j'ouvre le lave-vaisselle et mets la tête dedans… *Nada*. Le tour est vite fait. J'imagine une fouille de notre cuisine dont les placards regorgent de boîtes transparentes ou opaques, petites, moyennes, grandes, bien alignées selon une logique précise. Les dizaines de pots d'herbes et épices, les torchons, nappes, en tissu, en papier. La demi-douzaine de robots ménagers et leurs accessoires bien rangés dans leurs boîtes d'origine. Et la petite étagère croulant sous les livres de cuisine et les fiches recettes glanées par Dan au fil du temps. Une fouille un peu plus longue que pour les deux placards et les trois tiroirs quasi vides de l'ingénieur. L'étage est desservi par un magnifique escalier en pierre. Quelques peintures abstraites ponctuent la montée. La vitre de l'un des cadres est brisée. Trois chambres, trois salles de bains, un très grand dressing. Et l'impression qu'un ouragan est passé par là. Les draps des lits ont été arrachés, jetés dans le couloir, les matelas éventrés. Les vêtements gisent en tas au pied de cintres nus, les tiroirs ont été jetés par terre. Certains tableaux sont encore au mur, d'autres épars sur le sol. Je les prends chacun délicatement, les retourne pour vérifier que rien n'est glissé à l'arrière des cadres. Grâce à Dan, je reconnais certaines signatures. Si ces toiles sont authentiques, les cambrioleurs sont de véritables truffes car je tiens plusieurs milliers d'euros entre les mains. Partout, la poudre noire. J'essaie d'imaginer ces pièces avant le maelström. Le lin gris des draps, la ligne des lampes aujourd'hui brisées, la lumière intacte qui inonde le saccage… Ce devait être un îlot de calme et de beauté. Le cliché me vient spontanément. Mais la tristesse et la douceur de Dorian parlant de son amoureux m'y poussent. Ils ont dû être heureux ici, les deux garçons.

Je ne sais pas ce que je cherche, mais de toute évidence ce n'est pas là. Je redescends vers le zen du rez-de-chaussée. L'étagère, au fond, est un modèle de minimalisme. Des cases blanches occupent tout le mur blanc, donnant l'impression que les objets flottent en suspension. Je m'approche. Plusieurs beaux livres savamment dispersés, deux ou trois sculptures dont l'une, de marbre rose, est à première vue un œuf qui révèle en quelques traits un visage endormi. Tout est lisse et propre. Un dernier coup d'œil à la pièce, je sors en refermant soigneusement derrière moi.

La quatrième clé ouvre un garage à l'extérieur, en bas de l'escalier. C'est le garage le plus propre que j'ai jamais vu : carrelage immaculé au sol, lambris laqué blanc, et au milieu une berline. Pas de poudre noire ici. Je glisse la main sous une poignée de la voiture et tente pour voir. La portière s'ouvre. Je passe la tête à l'intérieur. Tout est absolument nickel, même pas un papier ou un ticket de parking. Bon dieu, mais qui peut maintenir autant d'ordre dans une voiture ? (Tu ne mangeais même pas un chewing-gum de temps en temps ? Tu ne te mouchais jamais ? Tu mettais tout dans tes poches jusqu'à la prochaine poubelle ?) Je fais le tour, ouvre la portière arrière.

Même vision de propreté absolue : je me demande si les sièges en cuir n'ont pas été cirés. Un maniaque. Le coffre ? Une boîte de secours, deux pinces crocodile. Même le logement de la roue de secours semble avoir été passé au polish… Je retourne à l'avant, me glisse sur le siège du conducteur et rabats le pare-soleil qui ne contient rien. Je me penche pour ouvrir la boîte à gants. Au-dessus de l'inévitable mode d'emploi du constructeur, un catalogue de meubles très chers et une enveloppe luxueuse, décachetée, contenant une invitation pour un vernissage à Monaco. Tombée au fond du compartiment, dans l'ombre de ces signes extérieurs de richesse, une petite figurine en plastique. C'est un jouet de gamin, de ceux que l'on trouve dans des boîtes et qui exercent toutes sortes de métiers passionnants : dresseur de dauphin, pilote d'hélicoptère, chirurgien cardiaque… Celui-là est ouvrier du bâtiment, bien campé sur ses jambes rigides, un seau et une truelle coincés dans ses mains en pinces. Cet ouvrier modèle (muet, souriant, pas de revendications syndicales) arbore son casque de protection réglementaire. Rouge vif, il est frappé d'un nom écrit en cursive façon Renaissance : RAFAELO. Je le soulève pour le regarder de plus près : le seau et la truelle sont amovibles (le bon petit soldat polyvalent de l'entreprise pourra alors empoigner un marteau-piqueur ou actionner une bétonnière). Le casque aussi, apparemment. Je l'enlève et découvre la forme caractéristique d'une clé USB qui sort d'une fente au sommet du crâne. Le gentil ouvrier est un objet publicitaire que l'entreprise offre à ses contacts ou à son encadrement méritant. Le cynisme des gens du marketing, ou leur manque total d'imagination, les a fait concevoir un prolo dont la tête héberge les documents virtuels des cadres qui l'exploitent. Le petit ouvrier n'a intéressé ni les cambrioleurs, ni les enquêteurs. C'est souvent le lot des petits ouvriers. Je l'empoche.

De retour chez Tordimmo, je retrouve Élisabeth à la même place.

« Voilà les clés : merci, Élisabeth. Je te laisse ma carte, au cas où.

— Tu as trouvé quelque chose ?

— Pas vraiment. Et puis, avec tout sens dessus dessous…

— C'est vraiment en désordre ? Tu sais que j'ai toujours le mandat pour vendre cette maison. Mais il faut que j'attende ce que décident les héritiers… Ça ne m'arrange pas, ce meurtre. Si tu savais comme le marché est tendu en ce moment, alors va vendre une maison où il y a eu un crime ! »

Se faire étrangler dans sa maison en vente, un total manque de savoir-mourir, cet Italien.

*

Je redescends à pied vers le Vieux-Nice. L'étroitesse du trottoir par endroits et la proximité des pots d'échappement du boulevard Carnot ne me dérangent pas. J'essaie d'analyser mes impressions. L'étage retourné : une mise en scène ? Dans quelle mesure les flics n'ont pas contribué au désordre en faisant les premières constatations. Les tableaux toujours sur place : demander à Dorian s'il connaît leur valeur. Le cuir du canapé, froid comme un cadavre. La clé USB à ouvrir.

Arrivée place Saint-François, je me dirige vers Aux Travailleurs, le café qui jouxte l'entrée de l'immeuble de mon bureau. Colette, propriétaire, serveuse et cuisinière occasionnelle, se tient sur le pas de la porte en fumant une dernière cigarette avant le coup de feu de midi. Sa famille possède le restaurant depuis toujours. Voire avant. Depuis que son père a posé le torchon en déclarant *basta*, c'est Colette qui gère avec une égale sérénité la répartition des plats du jour (si tu n'as pas réservé, tant pis pour toi), les touristes de tous les pays attirés par les critiques dithyrambiques de leur guide et les *choucatoun*, accrochés à leurs premiers apéros dès 18 heures, sans jamais un mot plus haut que l'autre.

« Tu manges ici, ma biche ?

— Sais pas… J'ai du boulot…

— Je te mets une daube de côté, tu descends quand tu veux. Tiens, j'ai fait deux courses ; prends les clés, tu me montes le sac, tu seras gentille. »

J'empoigne le cabas. Colette habite juste au-dessus du restaurant, dans un appartement qui ressemble à l'arche de Noé. Dès que j'ouvre la porte, quatre chats de taille et couleur diverses viennent se frotter à mes chevilles. Dans leur volière, deux inséparables se rencognent l'un contre l'autre. Sous la fenêtre, la vieille chienne me lance un regard fatigué depuis son coussin. Je pose le sac sur la table de la cuisine et vais lui caresser le ventre. Louise a au moins seize ans, un âge canonique pour son espèce. Elle se meurt doucement et Colette fait tout pour adoucir sa fin. Louise, c'est pour Louise Michel. Les oiseaux colorés s'appellent Rosa et Karl. Les chats, ce sont Ernesto, Léon et Antonio ; le quatrième, avec son oreille qu'on croirait mâchouillée par Mike Tyson, est tout nouveau : il a dû être récupéré récemment, je ne le connais pas. Je vérifie les gamelles, gratouille des nuques toutes douces, envoie une bise aux amoureux et rejoins mon bureau deux étages plus haut.

Comme d'habitude, l'ordinateur met un temps fou à s'allumer. Il a trois ans, autant dire que c'est une antiquité dans l'esprit des responsables de l'obsolescence programmée. Il devrait bientôt tomber en rade, juste assez pour que le SAV me dise : « Le réparer ? Vous n'y pensez pas, ça va vous revenir aussi cher qu'un neuf. Je serais vous… » Oui, mais non, tu n'es pas moi. L'écran s'éclaire enfin, une fraction de seconde avant la grande claque que je comptais lui allonger. Je branche le casque du petit ouvrier sur le port USB et ouvre l'unique dossier. Une dizaine de fichiers images et deux PDF. J'hésite un peu, je n'ai pas envie de tomber sur des trucs violents. En même temps, je n'ai pas le choix. J'ouvre le premier. Un relevé géologique. Grâce à de vagues réminiscences de cours de géo, je distingue ce qui doit être des couches de roches différentes. Le deuxième est un autre relevé… En tout, dix tracés représentant un sous-sol non identifié. Les fichiers PDF sont des tableaux qui comportent des colonnes de chiffres et de lettres qui ressemblent à des nomenclatures. C'est le genre de chose qui me fait très vite tourner la tête. J'imprime les relevés et les tableaux. Sur papier, ce n'est pas beaucoup plus clair. J'examine chaque copie pour essayer de trouver un point de repère, sans succès.

Finalement, j'ai faim et la perspective de la daube de Colette me fait saliver. Je redescends. Le minuscule restaurant est bondé comme chaque jour. Gé le libraire est déjà installé à sa table pour lire *l'Équipe* ainsi qu'il le fait chaque midi, à côté de Liselotte et Hans, le couple d'archéologues allemands exilés depuis quinze ans sur la Côte d'Azur. Nathalie, seule serveuse au monde capable de monter le raidillon de bois qui mène à la salle du haut chargée d'un plateau cinq-assiettes-pichet-de-vin-desserts-bannette-de-pain, m'embrassc.

« Colle-toi au fond, j'arrive. »

Je me glisse à la dernière table avant la cuisine. Je souffle un baiser vers Esme derrière ses fourneaux. Esme, c'est la déesse du foyer, une Hestia toute en muscles et en sueur, une fille d'Héphaïstos aux longs cheveux toujours tirés en queue-de-cheval. Elle jongle avec cinq ou six feux à la fois pour saisir, rissoler ou mitonner. Et lorsque le plat est prêt, c'est un poing décidé qu'elle abat sur la sonnette du passe-plat. J'aime cet endroit. Pas seulement parce qu'on y mange bien, des trucs préparés sous ton nez, mais parce que j'ai l'impression d'y être à ma place. Les sets en papier, Pierrot qui rougne derrière le comptoir du bar en faux bois, les commandes, les rires et les vannes qui fusent. Et la chaleur de tout le monde : ici, quand on te demande comment ça va, on écoute la réponse. Nathalie arrive avec mon assiette et une carafe d'eau. « Je te mets un tiramisu de côté ? » Sachant avec quelle rapidité cette merveille disparaît, j'opine du chef. Raviolis, daube, tiramisu... Que demande le peuple ? Un coup de rouge ou de rosé, par exemple. Mais ça, ce n'est plus possible.

Profitant d'un instant de répit, Colette s'approche et se penche vers moi.

« Tiens, tes clés.

— Merci. Tu bosses un peu alors ? C'est bien. »

Colette s'inquiète toujours de manière très discrète de mon drôle de boulot pas régulier.

« Oui. À ce propos, tu n'aurais pas un ingénieur dans tes clients ? Quelqu'un qui pourrait m'aider sur ces fichiers. Ça ressemble à des plans ou des relevés géologiques.

— Mais, on en connaît un, toi et moi !

— Ah bon ?

— Oui. Mohamed, celui qui répare les vélos. Je crois bien qu'il était ingénieur, avant. »

Avant, c'est avant la guerre. Ce conflit monstrueux en Syrie. Mohamed, Zeinah et les enfants ont fui jusqu'en Libye pour s'embarquer sur un de ces bateaux moisis après avoir payé une fortune à des passeurs encore plus pourris que l'embarcation sur laquelle ils les ont fait monter. Ils ont eu la chance de tomber sur une patrouille de gardes-côtes italiens juste avant de chavirer. Je ne leur ai jamais demandé ce qui s'était passé : comment oser poser des questions sur les détails atroces qui ont émaillé ces mois de peur, d'angoisse, d'humiliation et de souffrance ? Juste pour satisfaire une curiosité d'Européenne concernée mais bien au chaud. Mo et Zeinah m'ont offert des cafés, j'ai joué avec Élias et Reem, les petits. Je sais qu'ils aiment lire et dessiner tous les deux. Mo m'a parlé de sa fierté devant ses enfants tellement doués à l'école. De sa joie qu'Élias aime tant le foot, comme lui. Maintenant que Colette en parle, il me semble me souvenir qu'il avait parlé de l'université d'Homs.

« Merci, Colette, je vais aller le voir.

— Tu as vu Louise, tout à l'heure. Comment ça allait ?

— Je l'ai un peu caressée. Elle m'a léchouillé le bout des doigts…

— Ouais… Elle ne va plus tenir longtemps.

— Si tu as besoin de quoi que ce soit…

— Oui, je sais. »

Colette se redresse. Nathalie l'apostrophe. Les deux minutes de calme sont terminées, le rythme infernal reprend.

*

Après le café, je rentre chez moi. Je m'allonge. Chaque nuit, même quand monsieur Bertolino ne joue pas du marteau, même quand je prends une petite béquille pharmaceutique, j'ai du mal à dormir. L'avantage de mon boulot, c'est que je peux faire la sieste, élément constitutif de toute civilisation digne de ce nom. Je sombre pendant plus d'une heure. Je me réveille comme d'habitude, et je me bouscule pour me souvenir qui et où je suis. Il y a toujours des moments comme ça, le toubib m'a prévenue. Il paraît que les somnifères n'améliorent pas l'état d'un cerveau sur la pente descendante. Encore un café pour se recentrer. J'appelle Lasalle Dorian.

« Bonjour, Dorian, c'est Ghjulia Boccanera.

— Bonjour, Dioulia, comment allez-vous ?

— Ça va. Et vous ? Vous tenez le choc ? Pardon, c'est idiot comme expression.

— Non, merci, ça va.

— Je suis passée à la villa ce matin…

— Vous avez trouvé quelque chose ?

— Pas vraiment… Dites-moi, les tableaux, ce sont des originaux ?

— Ils sont toujours là ? Tous ?

— Ça, je ne sais pas. Mais il y en a pas mal. Certains valent cher si ce sont des vrais.

— Mauro y mettait le prix. Je crois que ce sont tous des originaux.

— Donc, soit les voleurs ne connaissaient rien à l'art, soit ça ne les intéressait pas.

— Vous savez quoi ? Son bureau m'a appelé aujourd'hui. Pour récupérer ses affaires. Il a dû parler de moi ou laisser mon numéro. En cas… d'urgence. J'aurai peut-être l'occasion de discuter avec ses collègues, d'en savoir un peu plus.

— Oui, appelez-moi. Si vous le souhaitez, on pourra regarder ses affaires ensemble. Ou alors, je passe plus tard.

— D'accord, je vous appelle. À bientôt. »

Je prends le même chemin que ce matin pour me rendre au garage de Mohamed. Les excavatrices du chantier font un bruit infernal : je pense aux profs et aux gamins du collège Ségurane qui jouxte les travaux et qui ne sont séparés du bruit et de la poussière que par une simple façade… Mo est en train d'ouvrir son rideau de fer. En me voyant, il prend une expression désolée.

« Ce n'est pas prêt, Djouliha.

— Non, non, c'est bon, Mo, je viens pour autre chose.

— Ah ! OK. Je te fais un café. »

Le vingt-huitième de la journée pour moi, ou peu s'en faut. Mo passe dans une petite pièce séparée par une cloison vitrée qui sert de bureau et de cuisine. Il remplit sa cafetière italienne et je me prépare mentalement au shoot de caféine imminent. En général, c'est serré.

« Mo, c'est vrai que tu étais ingénieur ? À Homs ? »

Il se fige.

« Pourquoi tu demandes ?

— J'ai besoin d'un coup de main. Pour comprendre ça. »

Je lui montre mon jeu de feuilles imprimées. Il prend le paquet de café, remplit consciencieusement la partie intermédiaire de la cafetière, visse la partie supérieure. Allume le gaz. Pose l'ensemble sur le feu. Il me rejoint en essuyant ses mains dans un torchon propre.

« Fais voir. »

Il regarde les graphiques les uns après les autres, rangeant délicatement une feuille sous l'autre au fur et à mesure. Puis il me regarde et me sourit.

« Ça, c'est de la géologie. Moi, je suis mécanicien…

— Mais, euh… en Syrie, tu n'étais pas ingénieur à l'université ?

— Non.

— Ah ! Merde. »

Son sourire s'élargit.

« Dans la famille, l'ingénieur, c'est Zeinah. C'est elle le professeur. Elle enseigne euh… l'hydrologie. C'est comme ça qu'on dit ? Quand on étudie l'eau ?

— Oui. C'est ça. Elle pourrait jeter un coup d'œil là-dessus ? Et me dire ce que c'est ?

— Bien sûr. Tu me les laisses ? »

Je lui tends les documents en essayant de ne pas avoir l'air embarrassé. Tu as beau essayer de ne pas suivre le flot des idées reçues et de sortir du cadre… tu as du mal à imaginer qu'une jeune femme syrienne, auxiliaire de vie pour personnes âgées (c'est le terme officiel) depuis que tu la connais, a pu être autre chose dans sa vie passée. Autre chose qu'une gentille aide à domicile particulièrement efficace. Et sûrement terriblement malheureuse de ne plus pouvoir exercer son vrai métier, celui pour lequel elle s'était formée et dans lequel elle avait fondé ses espoirs de vie. La cafetière glougloute sur le gaz. Mo nous sert deux petites tasses d'un liquide noir très serré.

Je bois en essayant de ne pas penser à mes futures crises de tachycardie.

« Elle t'appellera quand elle aura vu ça.

— Merci, Mo. Tu la remercies et tu fais la bise aux enfants. »

*

Je traverse le Vieux-Nice et pousse vers la mer. La galerie de Dan est au fond d'un tout petit passage, derrière la promenade des Anglais. Je le trouve avachi dans son fauteuil club défraîchi, en train de bouquiner. Il lève les yeux par-dessus ses lunettes, me sourit et se replonge dans son livre. L'expo photo en cours est très belle : du noir et blanc saturé qui raconte des histoires extraordinaires de vagues et de galets. La promenade des Anglais, les Bains militaires, Coco Beach… Tous ces lieux familiers qui se révèlent surprenants. Et au milieu, un grand tirage du plongeoir de la Réserve, un corps tendu entre ciel et terre dans un plongeon parfait, au-dessus de vagues rendues presque aiguës par la précision du grain.

« Tu as pu demander à tes amis s'ils connaissaient Mauro Giannini ?

— Tu devrais aller voir Serena, celle qui tient le Poulailler rouge. Apparemment, il y est passé et a acheté des toiles. En boîte, personne ne l'a reconnu mais Dorian, en revanche…

— Il allait en boîte ?

— Pas seulement. Il faisait partie d'un spectacle au Zanzib'Hard, il fut un temps.

— Quel genre ?

— Travesti, classique.

— Mylène Farmer ?

— Conchita Wurst qui a gagné l'Eurovision en 2014. »

C'est vrai qu'avec une jolie perruque et un fourreau lamé…

« Je peux passer au Zanzib'Hard de ta part ?

— Oui, mais pas avant 21 heures. Tu demandes Emiliano. »

*

Je passe par le cours Saleya pour rejoindre le Poulailler rouge, un ancien garage aujourd'hui lieu d'exposition et atelier. Le rideau de fer est levé, de larges pans de plastique ferment symboliquement l'entrée et la pièce semble vide à l'exception d'un canapé et d'un immense plan de travail encombré d'outils divers. J'appelle. Le lourd rideau pourpre au fond s'agite et deux pans s'écartent pour laisser passer un visage interrogateur puis souriant.

« J'arrive. »

Le visage redisparaît. Je m'approche de la table. Perceuse, disqueuse, poste à souder… Serena ne fait pas dans l'aquarelle.

Un jeune homme se faufile par les rideaux, me salue d'un hochement de tête et sort dans une envolée de plastique. Serena émerge quelques instants, achevant d'enfiler une combinaison de travail maculée de quelques générations de peinture.

« Salut. Tu es l'amie de Dan, la détective privée, non ?

— Oui, Ghjulia.

— J'adore. Ton boulot. Ton allure. Tes yeux. Je prépare une expo de photos sur le thème des cicatrices. Celles que l'on voit, et les autres. J'aimerais beaucoup pouvoir te photographier. Ça te dit ? Tu veux un café, au fait ? »

Je me souvenais d'une jolie femme rousse croisée dans la galerie de Dan, mais je n'avais pas perçu le tourbillon à l'époque. Serena sourit en me fixant de ses yeux verts.

« Euh… Oui.

— Oui pour le café ou pour la photo ?

— Le café, c'est sûr. La photo, pourquoi pas… Je… »

Elle attrape un paquet de café et vérifie le tuyau du réchaud à gaz posé à côté de la table, tout en parlant.

« Tu fumes ? Non ? Où j'ai foutu mon briquet ? Ah voilà. »

Je me laisse porter par le flot de paroles, déclinant l'offre d'un cigarillo, acceptant celle de m'asseoir dans le canapé qui m'engloutit aussitôt (« fais gaffe, c'est un piège, on ne peut jamais en ressortir ») en suivant des yeux ses mouvements à la fois fluides et dynamiques. Elle me rejoint armée de deux tasses fumantes, un petit cigare collé au coin des lèvres.

« Qu'est-ce que je peux faire pour toi ?

— C'est à propos d'un homme qui a dû t'acheter une œuvre. Une grande toile écrue, avec… une porte et des lignes, tu vois ?

— Ah oui, bien sûr, Dan m'en a parlé. C'est une toile de Toussaint Geronimi. Tu connais ? Il travaille sur le nombre d'or. Toute son œuvre est basée sur ce principe. Tiens, j'en ai quelques-unes ici. Regarde, chaque ligne répond à une autre et crée des formes parfaites. Là, tu as la spirale du nautile, par exemple. Ici, un pentagone avec des triangles d'or à l'intérieur qui forment un autre pentagone plus petit, lui-même composé de triangles… Ça se répète à l'infini avec toujours les mêmes proportions.

— Ouais. C'est très beau. Quelqu'un t'a acheté une de ces toiles ?

— Plusieurs personnes, en fait. Mais je me souviens de ce grand beau mec avec un léger accent italien. Il est venu lors du vernissage il y a deux mois environ et a flashé sur la plus grande des pièces et sur une autre, plus petite. L'une était pour chez lui, l'autre pour son bureau, je crois. Il n'a pas négocié le prix. Plein de thunes, le gars. Mais sympa. Ça change des gros bourges snobinards qui ont l'impression de venir s'encanailler ici. Lui avait l'air vraiment intéressé.

— Il était seul ?

— Non. Avec son copain, je pense. Le jeune gars avec lui sur la photo que Dan m'a montrée.

— Personne d'autre ?

— Non, ils n'étaient que tous les deux.

— Tu te souviens s'ils ont discuté avec quelqu'un ?

— Désolée, c'était un peu la folie, avec des gens partout. Pourquoi ?

— Il a été assassiné.

— Non ? Ce gars-là ? Merde ! »

Elle se tait. Ça me fait tout drôle. Elle se gratte le sourcil en fronçant le nez, boit une gorgée, se regratte le sourcil.

« Il est passé à la fin de l'expo pour récupérer son œuvre. On a discuté un peu. Enfin, surtout moi. C'est tout. Je ne l'ai plus vu. Je suis désolée. Ça ne t'aide pas beaucoup, hein ?

— Pas grave. Si tu croises des gens qui étaient au vernissage et si tu peux poser deux trois questions…

— Bien sûr. Et pour la photo, tu y penseras ?

— Oui oui. »

Serena récupère ma tasse de café, je m'extirpe des profondeurs du canapé. Elle empoigne un masque qu'elle ajuste autour de sa tête, m'adresse un clin d'œil et rabat la visière. Je sors sur la vision d'un aimable extraterrestre roux armé d'une lampe à souder.

Je remonte chez moi. J'évite la rue Pairolière et son fleuve de touristes endigué par des marchands de souvenirs bidon et atteins les plus belles rues du Vieux-Nice, calmes, vides, où le linge aux fenêtres n'est pas là pour faire couleur locale et où tout le monde s'interpelle par son prénom. Mon antique immeuble de quatre étages se trouve sur une toute petite place ornée d'un figuier et d'un banc de pierre.

Dans un des coins de ce minuscule îlot rose persiste l'inscription à la bombe d'un voisin excédé : INTERDICTION DE PISSER ICI ! Aujourd'hui, un nouvel habitant s'est installé sur le banc. Un clochard barbu, hirsute, sous une casquette kaki, vêtu d'un immense manteau trop chaud pour la saison. Il a posé son sac plastique à côté de lui. Je le salue de la main en passant devant lui. Il me fixe d'un regard noir et farouche et se détourne brusquement pour reprendre son repas composé d'une boîte de thon. Tout ce que je demande, c'est qu'il respecte l'un des rares interdits du quartier.

*

Quelques heures plus tard, je ressors pour rencontrer Emiliano au Zanzib'hard. Le nouveau clochard est toujours assis là, assoupi sous sa casquette dont la visière lui cache le haut du visage. Il s'est emmitouflé dans son manteau, le col relevé, les mains coincées sous les aisselles. Il n'est pas très vieux, pas très abîmé en tout cas. Et il n'a pas l'air d'avoir pissé dans le coin.

Le Zanzib'hard est une boîte à côté de la place du Pin. Je cogne à la porte pleine. Le vasistas s'ouvre sur un regard broussailleux.

« Je viens voir Emiliano, de la part de Dan. »

Le vasistas se referme, la porte s'ouvre. Que ferais-je sans Dan, mon ouvre-boîte ? Un ours barbu vêtu d'un pantalon en cuir et d'un T-shirt noir me fait signe de le suivre. Emiliano est dans la loge, se préparant pour la soirée.

« Tu es Roulia ? Dan m'a prévenu que tu allais passer. »

Sa voix est mélodieuse, teintée d'un accent espagnol. Voire mexicain. Car l'homme qui me fixe dans le miroir, un fin pinceau à la main, est la réincarnation de Frida Kahlo. Les tresses brunes ramenées en couronne autour du crâne, le front dégagé, surmonté d'une myriade de fleurs éclatantes, rouges comme sa bouche pulpeuse. Et cette barre de sourcils noirs et fournis… Il est en train de coller quelques poils au-dessus de sa lèvre supérieure. Cette moustache que Diego Rivera la suppliait de ne jamais raser.

« C'est comme pour les sourcils, je n'en ai pas assez. »

Il sourit.

Je m'assois à côté de lui, face au miroir. La différence est flagrante : il est beau, sophistiqué, maquillé, j'ai le cheveu fatigué et le cerne apparent. J'essaie au moins de me tenir droite pour tenir tête à cette silhouette élégante drapée dans des étoffes fuchsia.

« J'enquête sur la mort de Mauro Giannini, le compagnon de Dorian Lasalle. »

Le sourire de Frida s'efface.

« Quelle horreur, ce meurtre. Tu sais, les gens ont peur. On se demande si ce n'est pas un meurtre homophobe. On n'en a jamais eu ici, mais il y a un début à tout. On est dans une ville tolérante, surtout parce que le maire sait que la communauté est riche et dynamique économiquement. Mais on n'est pas à l'abri d'un fou furieux…

— Dan m'a dit que Dorian travaillait ici.

— Une magnifique Conchita ! Très drôle et chaleureuse. Il marchait bien, avec un petit groupe de fans. Il a arrêté quand il a rencontré Mauro. Mauro n'aimait pas trop ça : les boîtes, le travestissement… Un peu coincé du cul, si tu veux mon avis. Enfin, il ne faut pas dire du mal des morts…

— Des gens déçus quand Conchita s'est arrêtée ?

— Bien sûr. Mais ce n'était pas l'émeute, quand même… En revanche, celui qui a posé plus de problèmes, c'est Fabien, son petit copain de l'époque.

— Dorian était avec quelqu'un quand il a rencontré Mauro ?

— Oui. Il a quitté Fabien quelques jours après leur rencontre.

— Et ça s'est mal passé.

— Ça s'est mal passé. Il a même planté le souk ici un soir pendant un des derniers spectacles de Conchita. Pfffouuuuu… La grande scène de l'acte III par un gars complètement bourré qui a interrompu le show. Jacques a dû le virer manu militari. On ne l'a plus revu, mais je sais qu'il a continué à harceler Dorian pendant un temps… Et puis, je crois qu'il s'est arrêté ; en tout cas, Dorian ne m'en a plus parlé.

— Vous revoyez Dorian de temps en temps ?

— Oui, il passe parfois pour dire bonjour. Mais je sais bien qu'on n'est pas le genre de Mauro. Enfin, on n'était pas le genre. Bref, le pauvre…

— Vous savez où je peux trouver Fabien ?

— Oui, il est serveur dans un bar, à la Libération. Le Balto ou le Marigny, enfin un truc comme ça… La grande brasserie en face de la statue du général.

— Merci, Emiliano.

— Tu restes pour le spectacle ?

— Pas ce soir. Mais je reviendrai.

— Je dirai à Jacques que tu es mon invitée. Fais-moi une bise. »

Il tapote sa joue poudrée que j'embrasse avec plaisir. Il est doux, il sent bon et il est l'une de mes artistes préférées. Je souris à Jacques qui reste de marbre en fermant la porte sur mes talons. La soirée est douce, les gens commencent à envahir la place du Pin. La foule m'ennuie, je rejoins ma tanière. Mon ami le clochard bougon n'est plus là.

Je grimpe les quatre escaliers. Sur mon palier, je tends l'oreille. Monsieur Bertolino regarde la télé, a priori un épisode de *Columbo*. Je rentre chez moi. Dan n'est pas là. Je me douche et me glisse entre les draps avec le dernier Craig Johnson. Par précaution, je gobe une petite pilule, histoire de m'assurer quelques heures de sommeil d'affilée. Et je rejoins Walt Longmire et Henry Standing Bear dans le comté d'Absaroka, Wyoming.

3

C'était un grand blanc. Un bout de sommeil sans rêves, mais avec presque la conscience de l'inconscience. Je savais que je dormais et je savourais cette période de rien. Ça a duré un moment, juste le temps de penser, *je dors et c'est bon*, quand la sonnerie du téléphone est venue mettre un terme à ce qui ressemblait à de la félicité.

J'ouvre un œil : il ne fait pas encore jour au travers des persiennes et mon cerveau m'envoie un premier frisson. Je regarde le réveil : il est 5 heures 07. Deuxième aiguillon : comme disait ma mère, « un coup de fil à cette heure, ce n'est pas bon signe ». Dernière décharge électrique quand je vois le nom qui s'affiche sur le téléphone.

« Jo ? Qu'est-ce qu'il se passe ?

— C'est ton client, Dorian Lasalle. Il est mort, Diou. »

Pas du genre à prendre des gants avec moi.

« Hein ?

— Je suis chez lui, il a été assassiné.

— J'arrive. »

Je raccroche, hébétée, commence à m'habiller et réalise que je n'ai pas de moyen de locomotion. Je déniche ma paire de baskets, celle qui m'a permis de faire des semi-marathons, pas loin de mon vieux lycra. Téléphone, clés, veste à capuche, je descends quatre à quatre l'escalier. En bas, je m'efforce de calmer mon cœur qui s'est affolé en entendant la voix de Jo. Respire tranquillement, une fois, deux fois. Le rythme retombe. C'est bon. Je pars à petites foulées à travers les rues endormies. Ça fait longtemps que je n'ai pas couru. Longtemps que je n'ai pas savouré la mécanique respiratoire, le mouvement du corps, le tempo des semelles. Ça revient vite. Dorian m'avait donné son adresse pour remplir le dossier. C'est à Riquier, du côté de la gare. Même pas deux kilomètres. Je dois en avoir pour dix minutes si je ne suis pas rouillée. Je prends Martin-Seytour, repasse place du Pin avec les fêtards qui sortent de boîte et m'engage sur Auguste-Gal. Ça revient bien, j'accélère progressivement. Je me concentre sur mes foulées et mon souffle pour ne pas penser à ce qui m'attend. Je débouche sur la place Auguste-Blanqui, où les travailleurs du matin se dirigent vers la gare pour attraper le premier train en direction de Monaco. J'attaque la montée du boulevard du Mont-Boron. Je vois les lumières bleues des gyrophares des voitures de flics à une vingtaine de mètres. Je ralentis pour reprendre un rythme cardiaque normal et je sors mon téléphone.

« Je suis là. Fais-moi entrer. »

Au bout de deux minutes, un pandore vient me chercher et m'accompagne au rez-de-chaussée du petit bâtiment. Lorsque j'ouvre la porte de l'ascenseur, Jo est sur le palier.

« Qu'est-ce qui s'est passé ?

— Son voisin est rentré vers 4 heures. Il a remarqué que la porte de Lasalle était ouverte. Il a appelé, est rentré et a trouvé le corps. Il a vomi et nous a appelés. Il s'est aussi cassé la gueule dans son vomi étant donné qu'il était bourré comme un coing. Du coup, vu l'état de la scène de crime, je t'autorise à pénétrer si tu mets ces jolis chaussons en papier. Ça t'évitera de t'en foutre partout. Tu restes dans l'entrée. »

Je fais exactement comme il dit. Il me guide devant le petit salon en me signalant les flaques à éviter par terre. Face à la porte, Dorian est assis dans un fauteuil. Enfin, un simulacre de Dorian, un pantin nu, jambes et bras écartés. Son visage est violet, un bout de langue boursouflée sort de sa bouche, un sillon rougeâtre incrusté autour de son cou. Ses yeux sortent de leurs orbites. Il y a un décalage terrible entre ce visage défiguré, figé à jamais dans une douleur extrême, et le reste de son corps totalement affalé, abandonné. J'ai très envie de vomir, moi aussi.

« Tu ne vas pas dégueuler ? »

J'essaie de respirer pour chasser la nausée mais l'odeur laissée par le voisin ne m'aide pas. Je regarde le salon, la télé, les photos de guingois sur les murs, le tapis faux kilim, un buffet marron. Cela ressemble à un appartement de grand-mère. Je regarde à nouveau Dorian. Je remarque que son corps est tatoué au-delà de ses avant-bras. Un dragon sur l'épaule droite et un aigle sur le mollet et le tibia. Sur son cœur, d'horribles marques rouges.

« C'est quoi ça ?

— Brûlures de cigarette. Viens, on laisse bosser les techniciens. »

À l'extérieur du bâtiment, quelques habitants en pyjama ou peignoir tendent le cou pour tenter d'apercevoir quelque chose par-delà la zone établie par les flics. Je fais quelques pas en respirant à fond.

« T'as pas une clope ?

— J'ai arrêté, Diou. D'ailleurs, toi aussi.

— Qu'est-ce que t'en penses ?

— Ça ressemble beaucoup au meurtre de Mauro.

— Les brûlures en plus.

— Les brûlures en plus.

— Il a été torturé. »

Jo se tait.

« Il a été torturé, Jo ! On lui a écrasé des clopes sur la poitrine !

— C'était peut-être… Un jeu.

— Ah non, stop, ça suffit, les conneries. Tu crois vraiment que Dorian, juste après avoir perdu son compagnon, est allé lever un mec dans un bar pour se faire écraser des cigarettes sur le corps et se faire étrangler jusqu'à ce que mort s'ensuive ? Tu déconnes ou quoi ?

— Je n'exclus rien.

— Tu n'exclus rien, mais tu te mets des œillères. C'est exactement pour ça qu'il m'avait embauchée : parce qu'il trouvait que les flics partaient avec des idées préconçues.

— Il faut attendre l'autopsie, et on saura s'il a ingéré du GHB, lui aussi. »

Je n'écoute plus. Je suis furieuse. Je ne comprends pas pourquoi Jo reste sur son idée de meurtre sexuel. Il y a autre chose, forcément. Ce pauvre gamin a été torturé. Pourquoi ? Il a ouvert sa porte à quelqu'un qui lui a fait du mal soit par plaisir, soit pour le punir, soit pour le faire parler…

« … chez toi.

— Hein ?

— Vu ta tenue, je suppose que tu es venue en courant, je te ramène chez toi.

— Ouais, merci. »

Le retour à moto est plus rapide que l'aller.

« Tu m'offres un café ?

— Oui, viens. »

À la maison, Jo décide de s'affairer en cuisine. Je sais que ses gestes conservent les souvenirs du nombre incalculable de cafés qu'il y a préparés. Mais Dan a réorganisé deux ou trois trucs et il tâtonne pour trouver ce qu'il cherche.

« Diou, le café ?

— Dans le frigo. Dans une boîte noire.

— Tu mets le café au frigo ?

— Il paraît que ça conserve mieux l'arôme. »

Moue dubitative. Il joue avec les différentes parties de la cafetière, la pose sur le feu et allume. Je m'accoude sur l'îlot central en face de lui. Soudain, ça me frappe.

« Artemisia ? Autour du cou, la médaille. Je ne l'ai pas vue.

— De façon normale tes phrases tourner tu peux ?

— Mauro lui avait offert une médaille pour leurs fiançailles. Elle n'était pas autour de son cou. C'était un petit portrait peint. Vous l'avez trouvée ?

— Je ne crois pas. Pas de médaille sur lui ou à proximité. Il l'avait peut-être retirée…

— Il faut que je te parle de Fabien.

— Fabien ?

— Fabien est l'ancien petit copain de Dorian. Frida m'a dit que…

— Frida ?

— Frida Kahlo, ma nouvelle copine, m'a dit qu'il était venu faire un scandale pendant un spectacle de Dorian.

— Dorian faisait un spectacle ? »

Je lui résume ma conversation avec Emiliano pour couper court à ce ping-pong fatigant. Je réfléchis à haute voix.

« Et si la véritable cible, c'était Dorian ? Fabien assassine Mauro en premier pour faire souffrir Dorian. Et puis il… »

Jo regarde l'heure sur son portable. Puis passe un coup de fil.

« Casalès ? Tu vois la grande brasserie, place de la Libé ? Le Rialto, oui, ça doit être ça. Elle doit être ouverte à cette heure-ci. Tu m'y cueilles un serveur qui s'appelle Fabien, dans la trentaine. Nom de famille ? Pas de nom de famille pour l'instant. Tu me rappelles ? OK. »

Ne jamais réfléchir à haute voix devant un flic. Tout à coup, je ne suis plus si sûre de moi. C'est un peu trop rapide de faire serrer quelqu'un…

« En même temps, Jo, la rupture date d'il y a plus d'un an. Pourquoi il aurait agi juste maintenant ? »

La cafetière glougloute, il se détourne pour éteindre et nous servir deux tasses.

« Tu es restée à l'entrée du salon tout à l'heure… Tu as pu voir ses tatouages ?

— Oui. Un dragon, un aigle, des conneries tribales…

— Sur sa poitrine, à gauche, il y avait aussi le prénom de Mauro. Celui qui lui a appliqué une cigarette allumée sur le torse a fait en sorte d'effacer ce prénom sous les brûlures. Ça pourrait ressembler à un acte de jalousie, non ? »

Je bois le premier café d'une longue série. Et puis, je me souviens de ce que m'a dit Dorian dans notre dernier coup de téléphone.

« Hier, il devait récupérer les affaires de Mauro à son bureau, chez Rafaelo. »

Il me regarde d'un air las.

« Tu ne pouvais pas me le dire avant ? Il y avait un carton dans un coin du salon.

— Il est sans doute passé après son boulot. Il a bien dû parler à quelqu'un là-bas…

— Bon, il est presque 7 heures. Les bureaux doivent ouvrir dans une heure ou deux…

— Je viens avec toi.

— Non.

— Jo, je viens de te filer une tonne d'informations sur Dorian que tu aurais mis des plombes à trouver, ça mérite bien une virée avec toi. »

Son regard est encore plus las.

« J'ai besoin de dormir un peu. » Il se dirige vers la chambre d'amis. « On y va à 8 heures 30. La couette est toujours sous le canapé ? »

Il me fait un signe de la main et referme la porte.

Impossible de me rendormir. J'ai besoin de courir. Le rush de tout à l'heure a redéclenché cette envie.

Je rejoins Rauba Capeù et me dirige vers l'est, en faisant attention aux quelques cyclistes et piétons qui comme moi savourent toute cette beauté gratuite. Tout en courant, je me souviens de madame Dupont, notre prof d'histoire-géo en 6e. Parisienne fraîchement mutée à Nice, elle nous avait un jour raconté qu'elle s'était rendue au monument aux morts de Rauba Capeù. Explosion de rires de tous les minots de la classe et expression interloquée de madame Dupont (un nom tellement exotique que je croyais qu'il n'existait que pour apprendre la grammaire dans les manuels scolaires).

« Mais, madame, on ne dit pas comme ça ! »

Madame Dupont était donc allée à « *Robacapeu* », le faisant rimer avec « Je me souviens, c'était il y a peu ».

Je revois Sofiane à côté de moi, le maître de l'équilibre sur pieds arrières de chaise, s'étouffant de rire en disant :

« Cap*eou*, on dit cap*eou*, madame ! »

Et Marie-Bérénice, championne du monde de lever de doigt à s'en déboîter l'épaule, avait renchéri :

« C'est pareil pour le premier mot, madame, ça se prononce ra*ou*ba. »

Madame Dupont avait rigolé avec nous.

« Mais ça veut dire quelque chose ? »

Odile, la fille du prof de niçois du collège, avait donné l'explication de sa petite voix mesurée :

« C'est l'endroit où il y a le plus de vent. Et si vous ne tenez pas bien votre chapeau, le vent l'emporte. *Rauba capeù* : vole chapeau ».

Elle avait trouvé ça très joli, madame Dupont, et nous avait dit qu'elle le raconterait à son mari le soir même. Sofiane n'avait pas pu s'en empêcher : « Madame, aujourd'hui, c'est nous les profs, on vous a appris quelque chose. » Ponctué d'un léger coup de reins et retour sur les pieds arrières.

Si madame Dupont était allée voir le monument aux morts, c'est que c'est quelque chose, ce truc. Quand tu arrives comme moi par la Promenade, c'est encore plus impressionnant. À l'endroit le plus venteux de Nice, tu jettes un coup d'œil à gauche et tu te prends le choc de l'édifice en pleine poire. Creusé après la Première Guerre mondiale dans la roche de la colline du Château, il mesure plus de trente mètres de haut avec un parvis immense sur lequel JEUX DE BALLON ET VÉLOS SONT INTERDITS.

Je continue doucement et passe sous la statue de Carlo Felice. L'ex-roi de Sardaigne domine le port et pointe un doigt vers l'horizon maritime. Enfin pointait, parce que quelques Niçois énervés l'ont amputé de son index en apprenant qu'ils allaient perdre le statut de port franc au milieu du XIXe siècle. Malgré l'outrage, il n'a pas bougé de son socle où sont inscrits ascendance et qualités du souverain. À mon avis, il manque juste la phrase la plus connue à son propos, celle que tout Niçois retors lance à un éventuel créancier : *Vaï ti faïre pagà da Carlo Felice* (Va te faire payer chez Carlo Felice) *!* En effet, Carlo désignant la mer d'un geste auguste, tu sais que tu peux toujours te gratter pour récupérer ton argent.

Je descends au niveau du quai de la Douane. Au-dessus de moi, la place Île-de-Beauté est défigurée par une énorme construction métallique, haute comme un immeuble de quatre étages : un concasseur monstrueux qui crache des tonnes de gravats qui seront évacués par la mer. Putain de chantier du tramway qui colle des verrues hideuses sur le plus bel endroit du monde ! Parce que malgré le temps, les changements et les plans d'expansion, ce port est le plus bel endroit du monde. Et il m'appartient. Ce port, c'est chez moi. Lorsque je rase en courant le bord du quai, là où les pierres plates sont lisses, comme usées par des générations de fesses de pêcheurs qui s'y sont installés, le fantôme de mon grand-père m'accompagne. Sa casquette vissée sur la tête, son fume-cigarette au bec (une Goldo sans filtre coupée en quatre chaque jour, ces petits bouts fichés dans ce truc en bakélite), sa canne en bambou sous le bras. « Tu t'assois là, à côté de moi, et tu me regardes. Tu vois, d'abord on les attire avec du pain rassis (sploch, le pain à la baille, juste entre deux quilles de bateau). Ensuite, on met l'appât (une boule composée de Vache qui rit et de pain) au bout de l'hameçon, fais attention à tes doigts, et maintenant tu lances. Et tu attends. » Les grands professionnels de la pêche, assis au bord du quai, le dos droit et la canne fière (munie d'appâts composés scientifiquement) attendaient alors le passage du gobie, unique espèce arrivant à vivre au milieu des rejets d'essence du port. Les plus gros faisaient bien sept ou huit centimètres de long… Ils étaient mon trophée, ma récompense pour cette attente. On retirait délicatement l'hameçon de leur bouche et on les mettait dans le seau rouge rempli d'eau de mer. Juste pour continuer à les voir nager. Quand la pêche était terminée (on en avait chopé parfois cinq !), je reversais le seau à la mer et je les regardais s'éloigner. Mon grand-père dévissait les cannes, attrapait le seau d'un côté, ma main de l'autre, et on s'éloignait comme deux héros dans le soleil couchant. Et quand la nuit tombait, il n'y avait rien de plus beau que le spectacle des néons des restaurants se reflétant dans l'eau. Bleus, violets, verts, déformés par d'incessantes ridules, dansant au son d'une musique aquatique. Il n'y a toujours rien de plus beau.

Lorsque je passe quai d'Entrecasteaux, je vois la silhouette mince qui se promène tranquillement, mains croisées dans le dos, casquette et fume-cigarette. Mon pépé est toujours là.

Je continue vers l'embarcadère des bateaux pour la Corse. Peu de gens le savent (et les autres auraient du mal à l'imaginer), mais cette partie du port était ouvrière. C'était le débarcadère des cargos, là où les dockers entassaient les ballots qui formaient des labyrinthes multicolores. Quand j'avais dix ans, je passais avec mon vélo entre les palettes pour jouer à cache-cache. Trente ans plus tôt, mon père et ses copains, eux, couraient après les camions qui transportaient les cargaisons de cacahuètes en provenance d'Afrique pour s'empiffrer de celles qui en tombaient. Les quais, ça gueulait, ça s'engueulait. Le port de Nice était vivant avant que le marché et l'économie du tourisme ne le tuent. Aujourd'hui, il ne reste qu'une grue, géante girafe d'acier qui toise les yachts, pour témoigner de ce passé populaire. Parfois j'imagine qu'elle laisse tomber un long filet de bave sur la tête du plaisancier en contrebas.

Je cours. Je remonte par l'escalier jusqu'au boulevard Franck-Pilatte, je passe devant La Réserve, le club nautique, la plage militaire (une minuscule anse de galets où les vieux se baignent toute l'année) et surplombant ce petit paradis tranquille, le plongeoir, immortalisé par le photographe de la galerie de Dan. Construit dans les années trente, accessible depuis le trottoir au bout d'une étroite passerelle, cette petite merveille de béton blanc avec ses trois plateformes de saut a accueilli des générations de casse-cou jouant de souplesse et d'agilité pour *tchumer* sans faire d'éclaboussures (car ici, on ne plonge pas, madame, on *tchume*). Jusqu'à ce qu'un rond-de-cuir décide que c'était beaucoup trop dangereux et ne le fasse fermer. Interdit, *forbidden, verboten*. Bien évidemment, cela n'a découragé aucun gamin qui, s'il ne réussissait pas à passer la porte cadenassée, grimpait depuis la mer le long du pilier pour atteindre le premier niveau. Mais le plongeoir s'est dégradé derrière sa porte verrouillée, la structure a été attaquée par l'eau salée, la passerelle a perdu ses barreaux. Arriva donc ce que dicte l'impérieuse loi du marché : au lieu de réhabiliter cette merveille emblématique, elle fut cédée à un homme d'affaires qui transforma ce lieu incroyable en un énième restaurant cher et sans âme, privatisant ainsi une des dernières parcelles sauvages et non conformes de la ville. Je continue vers Coco Beach, la plage mythique au milieu des rochers. C'est vrai qu'ici, si tu rêves de sable blanc, tu passes ton chemin : c'est soit les galets de la Prom soit les rochers du littoral. Heureusement, aucun promoteur n'a encore mis la main sur ces plongeoirs naturels et aucun interdit n'empêche les gamins de sauter en visant bien. Le restaurant qui a donné son nom à ce lieu vient de disparaître dans un incendie, et les décombres noircis font peine à voir. Je prends l'avenue Jean-Lorrain (une pente à te casser les pattes, bordée de baraques plus magnifiques les unes que les autres) et je continue sur la route du bord de mer vers Villefranche. Je cours. J'oublie la mort et la haine. Je m'emplis de bleus et de soleil.

Le siège social de Rafaelo est à l'autre bout de la ville, vers l'aéroport. C'est un bâtiment recouvert de vitres teintées, ces trucs en vogue il y a quelques années, qui te suggèrent une transparence tout en opacité. L'accueil est gigantesque, du blanc, du lisse, du brillant. Et au milieu un comptoir en demi-cercle de la taille d'un petit studio derrière lequel émerge le buste d'une frêle jeune femme, cheveux tirés en un chignon strict et rouge à lèvres impeccable.

« Madame Mansour, s'il vous plaît, demande Jo en montrant sa carte.

— Un instant, je vais voir si elle est disponible. »

Il se trouve qu'elle l'est et nous attend au 6e étage, pénultième niveau avant le septième ciel où j'imagine que se reposent des dirigeants harassés de recompter leurs stock-options.

Jo respire un grand coup avant de rentrer dans l'ascenseur (les boîtes fermées, c'est pas son truc). Pendant la montée, il m'informe que Laurence Mansour est la supérieure hiérarchique de Mauro Giannini et donc susceptible d'avoir donné pour instruction de contacter Dorian. Il précise au passage que c'est lui qui pose les questions et que je suis priée de la mettre en veilleuse pendant l'entretien. Quand la porte s'ouvre, le sosie de l'hôtesse du rez-de-chaussée nous accueille et nous guide vers le bureau, dans un dédale de couloirs. Tous les attributs du pouvoir y sont présents : moquette très épaisse, bibliothèque en bois que j'imagine précieux, chargée de livres que personne n'a jamais ouverts, baie vitrée avec vue imprenable sur la mer. Aux murs, des diplômes et récompenses diverses et variées côtoient quelques œuvres d'art. Derrière le bureau de verre, Laurence Mansour nous attend. Elle se lève quand nous entrons. Très grande et carrée, elle aussi ressemble à ce que l'on peut attendre d'une femme dans sa position : tailleur-pantalon gris, chemise blanche, discrète chaîne en or qui disparaît dans un décolleté très contrôlé. Le talon est mi-haut, les cheveux bruns mi-longs et le sourire, mesuré. Elle s'avance pour proposer une poignée de main du même calibre. Son visage m'est vaguement familier. Mais je ne vois pas dans quelles circonstances je l'aurais déjà rencontrée. Jo nous présente, sans insister sur mon absence de grade.

« Laurence Mansour, directrice d'exploitation. Que puis-je faire pour vous ? C'est à propos de Mauro Giannini ?

— Non. Plus précisément de Dorian Lasalle. »

Froncement de sourcils de la dame.

« Il ne me semble pas avoir de collaborateur de ce nom…

— En fait, c'était le compagnon de monsieur Giannini. Il est venu récupérer des affaires hier soir.

— Ah oui, mon assistante m'en a parlé. Je savais que Mauro vivait avec… quelqu'un, et j'ai demandé à Émilie de le joindre. Je ne connaissais pas son nom. Je ne pourrai rien vous en dire, je ne l'ai pas vu. Mais pourquoi venez-vous me poser des questions à son sujet ?

— Il a été assassiné cette nuit. »

Les sourcils de madame Mansour s'élèvent et ses yeux s'écarquillent.

« Mon dieu, c'est terrible. Mais quel rapport avec nous ?

— Vous, ou vos collaborateurs, êtes sans doute parmi les derniers à l'avoir vu vivant. De quoi avez-vous parlé ?

— Je suis absolument désolée, je ne l'ai pas rencontré ; j'étais dans mon bureau, je terminais un dossier très important. Mais demandez à Émilie, c'est elle qui a dû se charger de l'accueillir.

— Nous allons le faire. Comment était monsieur Giannini avant sa mort ?

— Mauro ? Mais, comme d'habitude. Professionnel, rigoureux, efficace.

— Il ne vous a pas paru soucieux ou perturbé ?

— Non, Mauro était quelqu'un de très chaleureux, toujours de bonne humeur. Je n'ai pas vu de changement de comportement, si c'est ce à quoi vous faites allusion.

— Quel était son métier exactement ?

— Il était responsable qualité sur différentes opérations.

— Il devait partir pour New York. Avait-il démissionné ?

— Non, au contraire. Il avait obtenu une promotion pour un poste chez Rafaelo USA. Il devenait directeur d'exploitation sur un de nos chantiers new-yorkais.

— Donc il obtenait le même poste que vous, mais dans un cadre plus… prestigieux. Et vous, vous restiez à Nice ? Ça ne vous dérangeait pas ?

— Non, et d'ailleurs c'est grâce à ma recommandation qu'il a obtenu sa promotion. Franchement, ce meurtre horrible nous a tous bouleversés, et si vous me dites que son ami a connu le même sort, c'est encore plus affreux. Mais j'ai peur de ne pas pouvoir vous aider, commandant : ces affaires sont sans doute reliées entre elles, mais par quelque chose de… privé. Elles n'ont rien à voir avec notre groupe. Maintenant, si vous le souhaitez, j'appelle Émilie pour qu'elle vous renseigne sur monsieur… Lasalle.

— La toile, derrière vous, c'est bien une œuvre de Toussaint Geronimi ? »

Jo se tourne vers moi en même temps que Laurence Mansour. Je désigne la toile entre le diplôme d'une école de commerce et l'équivalent de celui de meilleur employé du mois pour cadre dirigeant.

« Là, on dirait un dessin de Geronimi.

— Oui. Je crois que c'est de lui. Vous savez, je ne m'attache pas au nom de l'artiste, seule la beauté de l'œuvre compte. »

Sur cette phrase d'une vacuité affligeante, madame Mansour bippe son assistante et la prie de nous recevoir. Poignées de main et passage dans le bureau d'à côté, où Émilie nous attend. Toute en opalescence et finesse, la jeune femme confirme avoir appelé Dorian Lasalle, la personne à contacter dans le dossier de Mauro Giannini.

« Il est passé hier vers 19 heures et je l'ai emmené dans mon bureau : j'avais déjà rassemblé toutes les affaires de monsieur Giannini dans un carton.

— Qu'y avait-il dans ses affaires ?

— Oh, pas grand-chose… Plusieurs peintures encadrées, des photos, ses jolis stylos-plumes, monsieur Giannini était très soigneux. Il n'était pas du genre à accumuler du fouillis.

— Pas de dossiers ?

— Les dossiers appartiennent à l'entreprise. Ils sont restés ici.

— Pouvons-nous voir le bureau de monsieur Giannini ?

— C'est-à-dire que… Il a déjà été attribué à un autre collaborateur et il est en train d'être rénové : c'est complètement en chantier.

— Et monsieur Lasalle ? Comment était-il ?

— On voyait que c'était dur. Il était très ému. Il a même failli oublier son casque en partant. Voilà, c'est tout.

— Vous avez échangé avec lui ?

— Non. Des banalités, je veux dire. Je lui ai dit que j'étais désolée de la mort de monsieur Giannini et je lui ai indiqué où était le carton.

— Personne d'autre n'a eu l'occasion de discuter avec lui ?

— Non. Tout le monde était dans son bureau. »

Elle s'arrête, bouche pincée. Lorsqu'elle reprend, sa voix s'est durcie et Émilie Jolie s'est transformée en Reine des neiges.

« Si ça avait été une femme, ils seraient tous venus présenter leurs condoléances. »

Jo tend sa carte en lui recommandant de l'appeler si quelque chose lui revenait. Elle fait de même en l'enjoignant de ne pas hésiter s'il a de nouvelles questions.

Sur le parvis de Rafaelo, il se tourne vers moi.

« Cette femme est un grand requin blanc.

— L'assistante ? Parce qu'elle t'a filé sa carte ?

— Non. Laurence Mansour.

— C'est une nana qui est arrivée à l'un des sommets du pouvoir. C'est sûr qu'elle a dû planter les dents dans le gras du bide de quelques-uns. Ça ne doit pas être facile de s'élever à ce poste.

— Comme les grands requins blancs, elle doit avoir une double rangée de dents dont chacune est remplacée dès qu'elle tombe. Ça a dû être sanglant, l'ascension. »

Il s'arrête et je vois une étincelle s'allumer au fond de ses yeux.

« Et grâce à cette particularité dentaire, on peut au moins affirmer qu'elle n'a pas sucé pour réussir.

— Putain, Joseph Santucci, encore une remarque sexiste comme ça, je te coule une paire de bottes en béton et je te largue au large pour que tu ailles te faire sucer par les requins de la baie.

— Tu n'arriveras jamais à me soulever avec des bottes en béton…

— Je te jette en travers du siège de ta moto avant de l'enfourcher et de partir dans un grand éclat de rire sardonique.

— Si tu me jettes en travers du siège… »

Il s'arrête subitement et fronce les sourcils.

« Quoi ?

— Rien. Je ne sais pas. Un truc qui m'est passé par la tête. Mais je ne peux pas te dire quoi précisément… »

Son portable sonne. Je me détourne pour embrasser la vue. Ça commence à taper fort. Le soleil et le chantier tout proche. Une douzaine d'ouvriers évoluent sur le tronçon de route qui a été élargi pour aménager une future station de tramway. Très pratique pour les gens de Rafaelo qui auront ce moyen de transport à leur porte et qui, en attendant, peuvent garder un œil sur l'avancement des travaux sans sortir de leur bureau.

« Minotti a un alibi.

— Qui ?

— Fabien Minotti, l'ex-petit copain de Dorian. Il était en boîte cette nuit avec son nouvel ami. Et deux cent cinquante autres personnes au bas mot. Dont une dizaine peut en témoigner.

— Et pour la mort de Mauro ?

— Casalès a vérifié aussi. Même topo : boîte, mec, groupe de copains prêt à confirmer. C'est apparemment son activité principale quand il ne bosse pas. On le raye. »

*

Je ne sais pas où habitent les parents de Dorian, mais je trouve facilement l'adresse de l'entreprise de plomberie Lasalle. Là-bas, quelqu'un pourra me donner ce renseignement. Tout en me dirigeant rue Beaumont, je serre mon sac en bandoulière et je cherche mes mots. Je repère tout de suite la camionnette bleue PLOMBERIE LASALLE & FILS. Venue du fin fond de mon cerveau de gamine s'impose la scène en noir et blanc de Panisse alignant six lettres d'enseigne en métal sur le comptoir de sa boutique, « Panisse… Et fils. Il y a trente ans qu'elles sont dans ce tiroir, et je n'ai jamais pu les sortir. » Indiquant ainsi à une Fanny désespérée que son petit à venir serait le sien. Je n'ose imaginer ce que ressent monsieur Lasalle. Je n'ose imaginer le moment où il devra peut-être décoller l'esperluette et les quatre lettres de filiation de sa camionnette.

La boutique est toute petite, le comptoir plus étroit que celui de Panisse. Derrière, un jeune homme lève les yeux lorsque retentit la clochette de l'entrée. La ressemblance est flagrante. Monsieur Lasalle n'aura peut-être pas à gratter les lettres sur sa camionnette. Le gamin est le portrait craché de Dorian, quelques années et beaucoup de cheveux en moins.

« Bonjour, j'aurais souhaité parler à monsieur Lasalle.

— Il n'est pas disponible pour le moment.

— J'imagine. Mais c'est à propos de Dorian : il m'avait engagée pour un travail. J'aurais voulu lui en parler, mais si c'est trop tôt, je comprends, je repasserai. »

Il me fait signe d'attendre et passe dans ce que je suppose être une arrière-boutique. Son absence dure une dizaine de minutes que je mets à profit pour comparer les mérites des différents mitigeurs présentés. Et là, c'est la voix de Raymond Bussières qui s'immisce entre mes deux oreilles (« Les *roubinets* ? Je vous mets du 10 ou du 12 ? »), me renvoyant aux *Belles Bacchantes*. Concentre-toi, Boccanera, essaie de mater ton foutu cerveau. Celui que je suppose être le frère de Dorian est de retour.

« Montez par là. Mon père vous attend. »

L'arrière-boutique n'est qu'un sas menant à une volée de marches qui débouche sur une petite entrée.

« Par ici. »

Je m'oriente à la voix et me retrouve dans une salle à manger dont le mobilier est aussi rustique que celui de l'appartement de Dorian. Au centre, une table ronde recouverte d'une toile cirée défraîchie où tomates, aubergines et diverses cucurbitacées souriantes font la farandole. Face à moi, le père de Dorian est assis, les mains posées, ouvertes et vides, sur la table. Deux mains calleuses, usées, pleines d'histoires de clés à molette et de joints de raccordement. Vides de menottes d'enfant qui s'y perdaient. Lorsque je regarde son visage, ce n'est pas Bussières que je vois, mais une sorte de Victor Mature vieillissant. Ses deux fils lui ressemblent. C'est encore un bel homme, qui a dû être une bombe en son temps. Les yeux sont magnifiques, le nez droit, la bouche presque trop voluptueuse pour être honnête. Mais l'âge a grisé le tableau, chiffonné les traits. Soudain, je comprends que cet homme doit être à peine plus âgé que moi. Et que jusqu'à hier, c'était un splendide gaillard d'une cinquantaine d'années, dont les yeux devaient pétiller et le sourire s'élargir facilement. Depuis ce matin, c'est un vieux monsieur qui contemple ses mains, posées sur une nappe éraflée par les innombrables passages d'une éponge. La mort a éteint la lumière.

« Monsieur Lasalle, je m'appelle Ghjulia Boccanera. Nous ne nous connaissons pas, mais votre fils Dorian avait fait appel à moi il y a deux jours pour un travail d'enquête. Je ne l'ai pas beaucoup connu, mais ces quelques rencontres m'ont laissé l'impression d'un garçon sincère et déterminé. Je vous présente toutes mes condoléances. »

Un « merci » s'échappe comme un réflexe de sa bouche serrée. Mais il me regarde sans bien comprendre ce que je fais là. Je m'éclaircis la gorge pour trouver une contenance.

« Il est venu me trouver dimanche pour que j'enquête sur la mort de Mauro Giannini. »

Lueur d'intérêt au fond des yeux noirs.

« Il n'était pas satisfait du travail de la police et pensait qu'elle passait à côté de choses importantes parce que… euh…

— Parce qu'ils étaient homosexuels, mon fils et Mauro ?

— Oui (un peu soulagée).

— Et vous ? Vous pensiez quoi ?

— Pas grand-chose avant d'avoir commencé à enquêter. Et puis, les choses ne sont pas forcément ce qu'elles paraissent (bon dieu, quel enfilage de clichés de nouilles). Enfin…

— Et maintenant ?

— Maintenant ?

— Avec la mort de Dorian, vous pensez quoi ?

— Je ne sais pas, monsieur. Honnêtement, je ne sais pas. »

Il retombe dans son mutisme. Je saisis mon sac et le pose sur mes genoux. Comme Dorian il y a quelques jours, j'en sors les liasses de billets soigneusement attachées par des rubans de couleur. J'y rajoute la seconde partie du reçu que j'avais donné à Dorian.

« Monsieur Lasalle, voici l'argent que Dorian m'avait donné pour élucider la mort de Mauro. Depuis qu'il est mort, j'ai pensé vous rendre cet argent. Voici les 5 600 € et le reçu. »

Monsieur Lasalle ne cille pas. Ses mains posées comme deux oiseaux morts ne bougent pas.

« Dorian vous faisait confiance pour trouver l'assassin de Mauro ?

— Oui monsieur. »

Les mains se mettent en mouvement, elles disparaissent sous la nappe. J'entends un tiroir qui s'ouvre. Monsieur Lasalle en sort un chéquier et un stylo. Il griffonne, signe, détache le chèque et le pousse vers moi.

« Madame Boccanera, vous allez garder l'argent de Dorian, honorer l'engagement pris auprès de lui et trouver celui qui a tué Mauro. Et vous allez prendre ce chèque car je vous charge personnellement de trouver celui qui a tué mon fils. »

Je me retrouve subitement face à une somme 15 600 € étalés au milieu de courgettes qui n'ont pas l'air moins surprises que moi.

« Monsieur Lasalle, je…

— Trouvez qui a fait ça à mon fils. »

La voix se casse et Victor Mature n'a jamais eu l'air aussi brisé que dans cette salle à manger désuète.

« D'accord. Je vous enverrai un reçu. »

D'un geste de la main, il me signifie à la fois qu'il s'en fout et que je peux partir. En bas, je retrouve le frère de Dorian.

« Je m'appelle Ghjulia Boccanera. Votre frère m'avait engagée pour enquêter sur la mort de Mauro Giannini. Aujourd'hui, votre père vient de me charger de la même chose pour Dorian. Je sais que c'est très soudain, et difficile, mais si quelque chose vous vient à l'esprit concernant votre frère… »

Il me dévisage sans un mot, puis se détourne pour ranger un présentoir qui n'en avait pas besoin.

« D'accord. Je vous laisse ma carte, peut-être qu'un peu plus tard… »

Le temps que j'atteigne la poignée de la porte, sa voix retentit dans mon dos.

« C'étaient des tantes, vous savez. »

Je me retourne. À moi de jouer les mutiques.

« Mon frère et Mauro. Ils disent "homos", maintenant, mais c'étaient juste des tarlouzes. Des taffioles. Ils s'enfilaient, vous voyez ? »

Je vois. Je vois même assez bien. Toute cette haine du pédé en si peu de phrases. Un condensé de slogans de la manif pour tous et de vestiaires de foot en trente secondes chrono. Je me rapproche.

« J'en déduis que cela ne vous plaisait pas.

— Je suis pas le seul. Y a plein de gens qui les supportent pas. On voit qu'eux. Place du Pin, c'est eux qui ont tous les restaurants, les commerces. Que des trucs de tapettes partout.

— Votre frère en faisait partie, des tapettes. Vous ne l'aimiez pas ?

— J'ai pas dit ça. C'était mon grand frère. Il m'a appris plein de trucs, comme jouer au foot ou s'appliquer au boulot... Mais quand il s'est mis à aller avec des gars, j'ai pas compris.

— Vous en avez parlé avec lui ?

— Non. Je trouvais ça dégueulasse.

— Je suppose que vous n'avez pas fait de mal à votre frère ?

— Bien sûr que non, vous êtes folle ? »

Non, il n'aurait pas touché à son frère. Mais à Mauro ?

« L'aigle sur votre avant-bras... Dorian avait le même, non ? »

Il me regarde comme si j'étais totalement demeurée.

« Non. Dorian avait un pygargue à tête blanche, le symbole des États-Unis. Ça, c'est l'aigle niçois, dressé sur les trois collines. Et à côté, Catherine Ségurane. »

Je tends le cou, l'air poliment intéressé.

À côté de l'aigle, une lavandière armée d'un battoir à linge menace un vaisseau du haut d'un rempart. Le trait est grossier, le visage de Catherine Ségurane ressemble à de la bouillie, mais l'intention est claire. La célèbre héroïne niçoise a été récupérée par le groupuscule d'identitaires locaux qui l'ont transformée en une Charles Martel à forte poitrine. Et encore, le jeune homme n'a pas osé demander qu'on lui tatouât la scène la plus célèbre de la mythologie locale, celle où la lavandière montre son cul aux Turcs pour les faire fuir. Car c'est bien sur cette légende que Nice a bâti son folklore, aujourd'hui récupéré par des bas du front au crâne rasé.

Ce devait être sympa, les réunions de famille chez les Lasalle.

« Et Fabien ?

— Qui ?

— Fabien, l'ancien ami de Dorian. Avant Mauro.

— Connais pas. »

Je crois qu'on va en rester là. Je le salue d'un hochement de tête et ressors. Il doit être assez tard pour contacter Emiliano. Je voudrais lui apprendre la nouvelle avant que la rumeur ne l'amène jusqu'à lui. Il est réveillé et disponible, dans son appartement au-dessus de la boîte.

Je sonne à l'interphone à gauche du Zanzib'hard. D'après ce que je comprends de la voix qui crachote, je dois grimper jusqu'au 3e. La porte de droite est entrouverte.

« Entre, *querida* ! »

Querida entre et découvre une sorte de demi-dieu en jeans qui lui sourit avec un million de dents blanches. Un peu interloquée, je cherche Emiliano des yeux. Mais la seule autre personne présente est un sexagénaire au visage buriné et souriant qui me salue du fond du canapé.

« Roulia ? C'est moi. Tu ne me reconnais pas sans ma robe ? »

Oui, non, effectivement, je ne reconnais pas Frida. À sa place, j'ai un Gael Garcia Bernal mâtiné de Michael Fassbender (oui, je suis assez bonne pour mélanger les fantasmes). Il est tellement beau que ça me coupe le souffle. Il a l'élégance de ne pas remarquer mon air ahuri et m'invite à prendre place à côté de « Jean-Yves, notre magnifique Ava Gardner ». En deux minutes, je me retrouve avec une tasse de thé devant moi, le sexagénaire ultra-bronzé aux longs cils à ma gauche et Emiliano qui me sourit en attendant que je me décide à expliquer le but de ma visite.

« Je suis désolée. C'est à propos de Dorian. Il est mort ce matin. »

J'ai évidemment tout balancé dans le désordre et trop vite. Le silence qui suit est bientôt interrompu par le gémissement de Jean-Yves.

« Mon dieu, c'est pas possible. »

Il a un accent marseillais à couper au couteau qui n'a rien de comique dans cette circonstance. Emiliano me regarde, bouche bée.

« Il est mort… de quoi ?

— Il a été étranglé. Comme Mauro.

— Mon dieu, c'est pas possible. »

Emiliano me regarde comme si je lui avais collé un direct au plexus. C'est sans doute ce que j'ai fait avec mes gros sabots. Jean-Yves a placé les mains sur sa bouche pour s'empêcher de gémir plus fort.

« Le petit Dorian ? Étranglé ? Mais qui lui voulait du mal, à lui ? Il était si gentil. Et son ami avant lui ? C'est pas possible, Emiliano, quelqu'un nous en veut. » Emiliano se frotte le visage longuement.

« Jean-Yves, ne commence pas avec ça. Si on répand ce genre de rumeur, ça va affoler tout le monde.

— Mais il faut qu'on prévienne les gens, qu'on se protège, Emiliano !

— Pour l'instant, on ne sait pas qui a fait ça, et pourquoi. Si on commence à raconter qu'il y a un tueur de pédés, ça va être l'émeute. Ou le contraire, tout le monde restera bouclé chez soi. » Il s'arrête et lui sourit doucement. « Et plus personne pour venir admirer la grande Ava. Qu'est-ce que tu sais de plus, Roulia ?

— Fabien a été interrogé ce matin. Il avait un alibi pour cette nuit et celle de l'assassinat de Mauro.

— Il a pu demander à quelqu'un de le faire à sa place.

— Il aurait pu… Mais pourquoi maintenant ? Leur séparation remonte à longtemps, et il a un petit copain. Il a dû tourner la page.

— Peut-être. Qu'est-ce qu'il reste, alors ? Tu ne vas pas croire, toi, que Dorian a levé quelqu'un dans un bar et que ça a mal fini ?

— Non. Mais quelqu'un a envie de nous le faire croire. »

Jean-Yves se mouche avec un bruit de tuba. S'il ressemble à ce moment-là à un souvenir des années cinquante, c'est plus à Escartefigue qu'à la fabuleuse Pandora.

« Qu'est-ce qu'on va faire, Emiliano ?

— Laisser les flics faire leur boulot et faire confiance à Roulia. Et ce soir, le Zanzib'Hard rendra hommage à Conchita. Passe nous voir, *querida*, on commencera à 21 heures. »

*

À l'heure dite, je m'installe au bar au fond de la salle, assise sur un tabouret haut, les coudes posés sur le comptoir derrière moi. J'ai eu droit à un cocktail offert par la maison. Le verre est arrivé muni d'un couvercle, comme toutes les boissons servies par le barman. J'ai demandé un truc sans alcool et je me retrouve avec l'équivalent d'un iceberg concassé flottant dans un liquide rose et orange. Tequila sunrise sans tequila. Super. Je jette un coup d'œil sur l'assistance, masculine en grande majorité. Ça discute, ça rigole, les verres s'entrechoquent. Soudain, les lumières s'éteignent et Frida Kahlo fait son entrée sur scène dans un spot de lumière et sous les cris de joie du public, somptueuse en rouge et vert, des pivoines piquées dans les cheveux. Elle est suivie par Marilyn en robe à bustier jaune, Céline Dion en fourreau argenté, Mylène

Farmer en pas grand-chose, et celle que j'imagine être Ava Garner, jupe en corolle, décolleté plongeant et capeline blanche.

« Mes petits singes ! » La voix d'Emiliano est grave, le public se tait. « Mes petits singes ! Ce soir, toute l'équipe du Zanzib'hard est en deuil. Un ange s'est envolé hier. Nous avons perdu Dorian, notre extraordinaire Conchita Wurst. » Murmure dans l'auditoire. Les couples se rapprochent, les yeux se cherchent, les mains se serrent. Toute la salle ressemble bientôt à une seule et même entité compacte, chaque cellule reliée à l'autre par une émotion intense.

« Mes petits singes, mes amours, nous allons pleurer en nous rappelant notre amie, notre sœur Conchita. Mais nous allons aussi faire la fête. Défier les dieux de la mort et de l'oubli pour lui rendre hommage. Mes petits singes, mes amours, prenez-vous dans les bras, serrez-vous et ne rentrez pas seuls ce soir. Pleurez ensemble puis faites l'amour. Célébrez ainsi la beauté et la jeunesse. Et souvenez-vous de la chanson qu'elle avait choisi d'interpréter. Le phénix renaît toujours de ses cendres. »

Le discours à la fois kitsch et émouvant s'éteint alors que retentissent les premières notes de la chanson de Conchita Wurst. Le fond de scène se transforme en écran géant et Dorian apparaît, cheveux longs, courte barbe noire et fourreau rouge à strass, levant les bras au ciel, un sourire éclatant figé en numérique. Les photos défilent pendant la chanson. C'est extrêmement sirupeux et pourtant ça marche. Je tente en vain de contrer la grosse boule dans ma gorge en croquant les morceaux de banquise de mon verre. Des dizaines de portables brandis à bout de bras se balancent en rythme. Lorsque la dernière photo de Dorian riant au milieu de l'équipe du Zanzib'hard se fige, les applaudissements éclatent longuement. Frida se retire. Le reste de la troupe se place autour de Marilyn qui entame les premières notes de *La rivière sans retour*. Le barman se penche vers moi et me souffle qu'Emiliano m'attend dans sa loge. Lorsque j'entre, il est assis sur un banc, seul devant le miroir de la coiffeuse. Il a ôté sa perruque, ses faux poils et tient un coton à la main.

« Comment tu as trouvé ?

— Bien. Très émouvant.

— Viens là, s'il te plaît. Aide-moi à dégrafer ma robe. C'est chiant, je n'y arrive jamais tout seul. »

J'avance pour me mettre juste derrière lui. Il me sourit sans joie dans le miroir. La robe est retenue par une douzaine d'agrafes que j'entreprends de défaire consciencieusement. Effectivement, c'est chiant, ces trucs. Mais c'est agréable à ôter, la soie de la robe fait un joli bruit sous mes doigts. Lorsque j'ai fini, un triangle de peau brune et lisse se dévoile, je vois ses muscles durs. Sur ma lancée, je pose les mains sur ses épaules pour faire glisser les emmanchures le long de ses bras. Il se laisse faire et s'appuie légèrement contre moi. Je n'arrive pas à détacher mes yeux de l'image qu'il me renvoie dans le miroir, torse nu et toujours maquillé, les cheveux fous et les yeux tristes. Mes mains sont toujours sur ses biceps, je les remonte doucement jusqu'à la base de son cou, sa peau est si lisse que je les laisserais volontiers là pour toujours. C'est un peu con comme situation. Je me redresse, me racle la gorge et fais un pas en arrière. Il retient l'une de mes mains, pivote sur son banc et se lève lentement. Mes yeux se retrouvent nez à nez avec ses clavicules délicates. Et cette peau lisse… Ça se fait, de lécher le torse d'un jeune homme qu'on connaît à peine ? Le temps que je me batte avec cette question fondamentale, il a pris mon visage dans les mains pour l'orienter parfaitement dans l'axe de sa bouche. Elle est douce et grasse, je sens l'odeur de son rouge à lèvres. J'en sens bientôt le goût quand il force à peine pour introduire sa langue. Tout d'un coup, je sors de moi-même pour examiner la situation. « Hello, Boccanera, tu es en train de rouler une pelle à une fausse Frida Kahlo qui a au bas mot quinze ans de moins que toi. Après lui avoir dégrafé sa robe dans une loge de night-club. Hou hou, atterris ! »

Je dégage ma langue avec difficulté et la récupère pour tenter d'articuler.

« Euh… Emiliano, tu n'es pas homo ? Je veux dire…

— Roulia, on s'en fout de ça, non ? J'ai envie maintenant, toi aussi. Le reste, c'est pas important, non ? »

Sa voix est rauque et il me scrute pour vérifier que tout va bien, non ? Ben oui, tout va bien. Du coup, je n'ai plus besoin de demander si j'ai le droit de lécher son torse. Ou le caresser. Ou le mordiller. Il me colle contre la porte de la loge juste au moment où quelqu'un essaie d'y entrer et manque d'y perdre un bout de quelque chose. Juron étouffé. Emiliano pousse le verrou. Pousse les hanches contre les miennes. Je sens sa queue qui se tend sous son jupon de soie. Tout en m'embrassant, il se débarrasse d'une main experte du reste de sa robe. Son boxer moulant peine à contenir son érection, comme je peine à contenir ma curiosité. Quand il l'enlève, je peux enfin savourer la vue de son sexe. Son sexe ? Ah non, c'est un peu court, ma vieille. Cestunroccestunpiccestuncapquedisjecestunc apcestunepéninsule ! Nos langues continuent de s'entretenir joyeusement quand je comprends que je suis encore habillée : qui plus est, chaussée de Docs huit trous. Que je t'explique. Dans les films, la scène de cul improvisée se passe en général plutôt bien : les corps se cherchent, s'emmêlent, la fille (caméra en permanence braquée sur elle) se débarrasse de ses escarpins d'un léger coup de pied et le reste glisse avec. Le truc, c'est que la Doc huit trous, ça se lace avec précision et que ça se délace de même. Ça prend des plombes à enlever. Pendant que mon cerveau et mon corps se sont à nouveau dissociés, enlevé le T-shirt, envolé le soutif, déboutonné le jeans, glissée vers le bas la culotte. Et là, c'est l'impasse. Ça ne peut pas aller plus bas, ça coince. Un sursaut de lucidité me fait exiger : « Capote ! » Emiliano me regarde, un instant hébété, puis acquiesce en marmonnant « oui, bien sûr, attends ». Pendant qu'il se détourne et fouille dans le tiroir de sa coiffeuse, je me rue sur mes pompes. Défais le nœud, détends bien les lacets, premier trou très lâche pour laisser du mou au deuxième, puis au troisième. Avec le quatrième, c'est bon, mon pied peut sortir (putain, j'ai mis des chaussettes avec le drapeau pirate). Le truc, c'est qu'Emiliano est beaucoup plus rapide avec le déballage d'une capote que moi avec celui de mes pieds. Du coup, je m'arrête là. C'est donc avec la tenue la plus glamour du monde, une chaussette à droite, une chaussure à gauche, un slip et un jeans qui pendouillent, que j'accueille sa queue. Parfaite. La porte de la loge bat doucement contre mes fesses. Ça me prend par surprise et je jouis en une minute chrono. Il s'arrête pour que je reprenne mon souffle. « Canapé », je désigne le bout de sofa dans le fond de la loge. Il m'entraîne, je le pousse doucement. « Allonge-toi », je l'enfourche et me laisse glisser doucement. Toujours aussi parfait. Presque douloureux tellement c'est bon. Quinze ans d'écart, mais même tempo. Il maintient mes hanches pendant un temps puis me laisse faire, jusqu'à ce que je jouisse une seconde fois. Et lui aussi, yeux fermés et dents serrées, *hombre* ! C'est mignon de sa part mais c'est un peu dommage, je serais bien repartie pour une troisième tournée. T'es con, Boccanera, quand même.

« Pourquoi tu souris ?

— Pour rien, des conneries.

— Je t'ai repeinte en rouge. »

Je me hisse par-dessus le dossier du canapé pour me regarder dans la glace. J'ai du rouge à lèvres étalé sur le visage et sur les seins.

« J'aime le rouge. C'est ma couleur. »

On se redresse doucement. Je n'ai pas à chercher longtemps mes fringues puisque la moitié est toujours sur moi. Je récupère mon soutif et mon T-shirt pendant qu'Emiliano bataille avec sa capote.

« Passe-moi un Kleenex, là, sur la table. »

Je le regarde enlever son préservatif, essuyer sa bite recroquevillée. Même comme ça, elle est belle. Je savoure aussi le fait de pouvoir m'habiller immédiatement sans passer par la case sperme qui dégouline. Toujours à poil, il s'avance vers moi et embrasse le bout de mon nez.

« Viens te démaquiller. »

*

Depuis que je suis gamine, je sais qu'en allumant la minuterie du rez-de-chaussée, j'ai le temps de monter les quatre étages et de mettre la clé dans la serrure avant que la lumière ne s'éteigne. Quand j'étais petite, c'était même trop facile, j'étais obligée de me ralentir pour que le « clac » du noir qui tombe coïncide exactement avec le bruit de la clé dans la serrure. Depuis quelques années, ils ont dû rajouter des marches et je suis obligée de monter les escaliers plus vite. Quand j'arrive en haut, je sais qu'il me reste quatre secondes à vue de nez. C'est marrant, ce soir, il fait frais sur le palier. Je lève les yeux vers la trappe du toit, normalement fermée. J'ai à peine le temps de trouver bizarre que celle-ci soit ouverte que deux chaussures suivies d'une masse sombre me tombent dessus. La lumière s'éteint. Je m'écroule à quatre pattes. Tente de me relever et d'enchaîner avec ce qu'on m'a appris : lancer le coude en direction du sternum de l'agresseur mais là, rien, j'effleure à peine une manche. Ça ne sert pas à grand-chose contre un type qui m'a explosé une épaule et se tient maintenant au-dessus de moi. Je sens soudain quelque chose autour de ma gorge, une corde peut-être, qui commence à se resserrer. Je me jette en arrière par réflexe. Mauvaise idée, le type m'enfonce un genou entre les omoplates. Pour échapper à cette pression je ne peux que basculer en avant et offrir un peu plus ma gorge au lien qui m'étrangle. J'essaie d'agripper ce qui m'étouffe mais mes doigts ne saisissent rien, je me laboure la peau pendant que mon larynx commence à s'écraser. Plus d'air. Plus d'air du tout. Ça ne peut pas. Finir comme ça. Je dois pouvoir respirer. Ce n'est pas possible de mourir. Pas moi. Pourquoi m'empêche-t-il de respirer ? J'essaye de penser. Mais il n'y a plus d'oxygène dans mes poumons. Il n'y a plus d'oxygène pour moi, nulle part. Je m'apprête à basculer dans le grand rien quand je perçois au travers du brouillard sale qui m'étouffe une sorte de hurlement. Je ressens un sursaut et la pression sur ma gorge se relâche. Une autre secousse, un corps qui s'écroule de toute sa masse sur moi. À plat ventre, le nez collé au sol, je respire. J'avale, j'engloutis l'oxygène. J'aspire tout, air et poussière, par la bouche, par le nez.

Une fois, deux fois, dix fois. Je respire pour aujourd'hui, pour demain, pour tous les jours. Plus jamais. Plus jamais. Il faut respirer. Et vivre.

Une paire de chaussons à carreaux apparaît dans mon champ de vision, qui s'adresse à moi :

« Mon petit, ça va, mon petit ? »

Une grosse main calleuse caresse doucement ma joue. Je tente de me redresser sur les avant-bras, mais le poids mort sur mon dos m'en empêche.

« Attends, je vais t'aider. »

Je me hisse doucement sur un bras pendant que le corps de mon agresseur bascule. Je m'assois en tailleur. Debout devant moi, Amédée Bertolino m'observe d'un air angoissé. Il porte son éternel jogging, et ses cheveux tout fins lui forment une couronne folle. Je le fixe, hébétée. Il se penche vers moi pour examiner ma gorge. À ce moment précis, comme au cinéma, la minuterie s'allume. J'embrasse d'un regard le corps étendu sur le ventre, habillé de noir, une petite flaque de sang qui se forme tranquillement au niveau de la tête cagoulée, une lanière de cuir coincée sous un gant noir et le marteau ensanglanté dans la main de monsieur Bertolino. Plus bas, la voisine du dessous qui nous fixe, les yeux écarquillés, les deux mains pressées sur sa bouche. Je ferme les yeux. Quand je les rouvre, la voisine a disparu, mais tout le reste est bien là. Je touche ma gorge. Puis glisse la main dans mon blouson pour sortir mon téléphone. Le numéro de Jo est dans les favoris. Lorsqu'il décroche, je m'apprête à débiter toute l'histoire d'un trait mais rien ne sort de ma bouche, hormis un couinement incompréhensible. Amédée me prend le téléphone des mains.

« Allô ? C'est Joseph à l'appareil ? C'est Amédée Bertolino, votre ancien voisin. Il faut que vous veniez vite. Il s'est passé un… incident. » Il s'interrompt, me regarde. « Elle est là. Il faudrait que vous veniez très vite. S'il vous plaît. »

*

Jo a laissé sa moto n'importe comment devant l'immeuble et a grimpé quatre à quatre les marches de pierre. Arrivé au dernier entresol, il a été arrêté dans son élan par une vieille dame qui lui barrait le passage. Très droite, très digne, les bras croisés, bien campée sur ses jambes maigrelettes, elle l'a toisé.

« Monsieur Santucci ? Monsieur Bertolino m'a prévenue de votre arrivée. Ce n'est pas trop tôt, j'ai dû éloigner les curieux en vous attendant. C'est par là. »

La dernière phrase s'est accompagnée d'un geste royal en direction du dernier palier.

Là, Jo a découvert un corps au crâne fracassé. La cagoule a empêché la plupart des projections de sang mais il imagine les dégâts en observant la dépression qui s'est creusée au sommet de la tête. Deux doigts sur la carotide, juste pour vérifier. Puis il est entré chez Amédée. Il nous a trouvés tous les deux, assis à la table de la cuisine. Je dois être blême, les cheveux emmêlés, mes dents s'entrechoquent.

« Quelqu'un me raconte ?

— J'ai tout vu ! »

La voisine l'a suivi et entreprend de témoigner sur le même ton qu'elle a utilisé pour l'apostropher dans l'escalier.

« Cet homme a sauté par la fenêtre du toit pour agresser madame Boccanera. Monsieur Amédée est sorti de chez lui et a assommé l'agresseur. C'est de la légitime défense.

— Vous étiez présente ?

— Bien sûr ! J'ai entendu du bruit – ici, c'est sonore –, alors je suis montée. J'ai tout vu. »

Je la regarde. Mes souvenirs sont très flous mais il me semble bien que la lumière ne s'est allumée qu'après qu'Amédée m'a débarrassée du type. Si l'on rajoute la volée de marches pour atteindre l'entresol, la voisine est arrivée après l'agression. Elle ment avec un aplomb sidérant.

Jo sort son téléphone.

« Commandant Santucci. Envoyez un sac et une ambulance. J'ai un mort, une personne blessée et une autre en état de choc. »

Dénégations d'Amédée.

« C'est dans le Vieux-Nice, il va falloir laisser les véhicules et prendre la civière. »

Pendant qu'il leur donne l'adresse, je me presse un peu contre le vieux monsieur à ma gauche. Je regarde la tasse fumante que la voisine a préparée.

« Je vous ai fait de la camomille à tous les deux. À vous, je vous ai mis du miel. C'est bon pour la gorge. »

Je lui souris et puis tout à coup, les larmes jaillissent de mes yeux. Ça coule sans à-coups, comme un trop-plein qui déborde, une petite rivière tranquille qui fait son chemin sur mes joues, bientôt rejointe par un filet de morve qui s'invite. Jo me tend un Kleenex, Amédée me tapote une main.

« Tu es blessée, Diou ? Ta gorge ?

— Oui, mais surtout mon épaule, ça me fait un mal de chien.

— Fais voir. »

J'essaie de me tenir droite mais une douleur inouïe me coince dans mon mouvement. Jo tâte mon épaule à travers les vêtements. Apparemment, il y a une protubérance incongrue.

« J'ai l'impression qu'elle est déboîtée.

— Putain.

— Il faut que je te la remette tout de suite en place.

— Putain !

— Si on attend trop, tes ligaments vont être abîmés et après ce sera une vraie galère.

— Putain de putain ! Tu sais faire ça, toi ? »

Il s'installe à côté de moi et m'attrape la main.

« Ça va faire un peu mal, Diou. Je compte jusqu'à trois, OK ?

— Oui.

— Un… »

Il imprime à mon bras une rotation forcée, j'entends un claquement. Le mouvement est bref mais vraiment douloureux. Et je me suis fait avoir comme une bleue. À trois, mon cul.

« C'est bon, ton épaule a une position normale maintenant. Il faudrait une écharpe pour la maintenir. Tu vas garder le bras plié, collé à ton ventre.

— Ne bougez pas ! »

La voisine qui n'en a pas perdu une miette s'élance chez elle. Pendant ce temps, Jo se tourne vers Amédée, qui n'a toujours rien dit.

« Ça va, monsieur Bertolino ?

— Ça va Joseph, ça va. Enfin… je me sens un peu fatigué. »

En fait, il est gris et chancelle. Jo le rattrape au moment où il s'écroule. Quand la voisine est de retour, un châle à la main, deux infirmiers sont sur ses talons. C'est le bordel dans la petite cuisine. Ils allongent le vieux monsieur sur une civière. Jo m'entoure le bras de la grande étole à fleurs. On me colle une couverture de survie qui brille sur le dos. Il est temps de sortir. Les infirmiers descendent prudemment marche après marche. Amédée est allongé sur le brancard, ils lui ont mis un masque et posé une bouteille d'oxygène à côté de lui. Jo et moi suivons le rythme. Arrivée dans le hall, j'aperçois une haie d'honneur qui nous attend à l'extérieur. La moitié des habitants de la place est descendue de chez elle et se masse de chaque côté de la porte, tenue en respect par deux policiers en uniforme.

L'autre moitié est à sa fenêtre ou son balcon. Des flics qui déboulent en courant avec des brancardiers dans les petites ruelles piétonnes, forcément, ça amène du monde… Mon cerveau reptilien, censé gérer mon instinct de survie, s'est mis en veille et mon cerveau élisabéthain se met en route. J'ai une très forte envie de lever la main droite telle une reine d'Angleterre étincelante pour saluer mes sujets venus s'enquérir de ma santé. Heureusement, le reptile se réveille à temps, plante ses crochets dans mes velléités de règne et me renvoie à ma condition de roturière cabossée. Je ne fais pas coucou à mon bon peuple, je m'arrête juste devant Colette, le visage figé par l'angoisse, qui a attrapé ma main valide :

« Ça va ? »

Je souris bravement (je suis très brave). Derrière elle, du coin de l'œil, j'aperçois mon clochard bougon. Les mains sur les joues, les yeux écarquillés, on dirait l'autoportrait de Courbet. Mais peut-être est-il juste effarouché par tout ce monde. De toute manière, je suis dans le gaz et je me contente de faire exactement ce qu'on me dit, c'est-à-dire marcher jusqu'à une ambulance et me laisser emmener à l'hôpital.

*

« Putain, Jo, tu ne vas pas arrêter Amédée quand même ? » hurlé-je. Enfin « hurlé-je » dans ma tête car je n'ai toujours qu'un filet de voix.

« Diou, il a tué un homme. Même si c'est de la légitime défense, même si je suis content qu'il l'ait fait parce que sinon tu serais morte, je suis flic et je suis censé arrêter les gens qui commettent des délits.

— Mais il doit avoir plus de quatre-vingts ans ! Il va claquer en prison !

— On va commencer par l'interroger tranquillement et puis on verra.

— Il lui faut un avocat ! Tout de suite !

— Pour l'instant, il est dans un box pas loin, on vérifie si tout va bien. Et toi, qu'est-ce qu'ils ont dit, les toubibs ?

— Ça aurait pu être pire. Il a failli m'écraser le larynx. Tu as remis mon épaule en place : apparemment tu l'as bien fait, mais j'ai super mal. Et mon brushing est ruiné. »

Joseph me sourit puis se penche pour poser son front sur le sommet de mon crâne.

« Putain, Diou, tu te rends compte ? Il a failli te tuer. J'ai eu la peur de ma vie.

— Moi aussi. »

Il se redresse, frotte ses joues puis son crâne rasé.

« Bon. On a retiré la cagoule du mec et on m'a envoyé une photo de son visage. Je vais te la montrer : tu me dis si tu l'as déjà vu. »

Il me tend son portable. Le gars sur la photo a les yeux fermés et la bouche ouverte. Très peu de cheveux, la peau bronzée. Un individu de type moyen-oriental, comme disent les collègues de Jo.

« Non. Vraiment, je ne vois pas. En tout cas, il sait comment étrangler quelqu'un… Tu penses que c'est lui, pour Mauro et Dorian ?

— Pour l'instant, je préfère ne pas penser et me concentrer sur des trucs tangibles. Comme son identité, par exemple. Je sors passer un coup de fil. Si tu veux voir monsieur Bertolino, il est au fond du couloir. »

Je m'approche du box où Amédée est allongé. Il est tout petit, tout frêle, avec son masque à oxygène posé sur le nez et la bouche. Je m'assois à côté de lui, prends délicatement sa main pour l'embrasser longtemps.

« Amédée, vous êtes mon héros, vous m'avez sauvé la vie. » Pression de la vieille main tavelée de brun et veinée de bleu. « Amédée, je ne les laisserai pas vous emmener. Jamais. On part en Corse, au village. Ils ne nous trouveront pas. » J'entends un borborygme depuis le masque transparent. Je le soulève pour libérer un mince sourire et laisser filer une phrase.

« Oui, on prendra le maquis, ils ne m'auront jamais. »

Il cligne d'un œil. Je repose délicatement le masque, il ferme les yeux. Ses paupières sont si fines.

« Qu'est-ce que vous faites là, vous ? »

Je me retourne pour découvrir Jackie Brown, version infirmière, sourcils froncés et mains sur les hanches.

« Il faut le laisser se reposer. Et vous aussi d'ailleurs ! Vous ne devriez même pas être là. Je vous ramène à votre lit. »

Je laisse la bombasse me guider jusqu'à mon box où m'attendent Jo et Dan (d'où sort-il, lui ?).

« Je ne veux pas rester ici.

— Diou, il faut que tu restes sous surveillance.

— Non, ça va, je t'assure. Même ma voix va mieux.

— Tu as subi un choc.

— Oui. Mais je m'en remettrai mieux à la maison. Je vous jure… »

Tous les deux savent pertinemment que je déteste les hôpitaux. En fait, j'en ai peur. Vraiment. J'ai l'impression qu'un hôpital, c'est déjà l'antichambre de ma mort. Je ne veux pas. Dan lance un coup d'œil à Jo, fait la moue et appelle quelqu'un dans le couloir. Je vois apparaître un gars tellement jeune que je me demande s'il a déjà passé son bac. Apparemment, c'est un vrai toubib et Dan le démiurge évidemment le connaît.

« Ghjulia, voici Thomas, ton docteur de ce soir.

— Comment allez-vous, madame… euh, Boccanera ?

— Bien, très bien, je veux sortir. »

La réduction des budgets hospitaliers est un scandale qui tue le service public de santé à petit feu. De moins en moins de moyens, un personnel débordé à qui on demande la lune (et quelques autres astres qui gravitent dans le coin) en le sous-payant sans vergogne. Cette réduction s'accompagne d'une escroquerie baptisée « médecine ambulatoire ». En gros, tu passes au bloc le matin, et à moins qu'on ne t'ait enlevé un très gros morceau, tu rentres chez toi l'après-midi. Les lits médicaux sont réservés aux urgences urgentes (rupture d'anévrisme, plaie par balle, ongle incarné du fils du préfet). C'est un scandale donc. Sauf pour une névrosée de l'hosto comme moi, ravie qu'on la foute dehors le plus vite possible.

« Je vais vous faire une ordonnance. »

Le gamin en blouse blanche s'éloigne.

« Jo, il faut laisser Amédée tranquille.

— Diou, laisse aller, pense à toi. Bertolino va rester ici sous surveillance, on n'a pas besoin de le coller en prison. Quand il ira mieux, on verra… Toi, tu rentres chez toi, tu te couches et tu récupères. »

L'interne est de retour.

« Voilà une ordonnance contre la douleur. Six par jour. »

Je jette un coup d'œil sur l'ordonnance. Du paracétamol. Ça ne marche même pas pour mes règles douloureuses, alors mon épaule et ma gorge… Devant mon air sceptique, Dan entraîne le gars un peu à part pour lui expliquer mon cas. Pendant ce temps, Jo m'aide à mettre l'attelle qui va soutenir mon bras pendant quelque temps puis pose mon blouson sur mes épaules. Il tente de lisser mes cheveux et met ses mains en coupe autour de mes joues. Avec ses pouces, il caresse mes cernes : il doit y rester un peu d'humidité.

« Tu m'as fait peur, ma Diou. »

Juste un bécot pour dire *je suis là*.

Dan revient, un sachet en papier sous le bras.

« Allez, on y va. »

Ils m'encadrent tous les deux, je me sens un peu comme un paquet sale. On m'embarque dans une voiture, on m'emmène jusqu'à la maison. Au troisième étage, la voisine sort dans l'embrasure de sa porte.

« Madame Boccanera, si votre ami (coup de menton vers Jo) m'y autorise, j'irai nettoyer votre palier. En attendant, j'ai appelé mon fils. Il est venu mettre un cadenas à la trappe. Plus de souci maintenant, vous pouvez être tranquille. »

Je la regarde et je me rends compte que je ne sais même pas son nom. Elle s'est installée il n'y a pas longtemps et je l'ai classée rapidement dans la catégorie des emmerdeuses. T'es qu'une conne, Boccanera, avec tes préjugés.

« Merci madame…

— … Fiorelli, Roseline Fiorelli. C'est rien, c'est normal entre voisins. Allez vous reposer maintenant. »

On termine l'ascension. Le palier est barré par le ruban jaune et noir. La flaque de sang est toujours là. Je jette un coup d'œil à la fenêtre de toit : un cadenas gros comme mon poing ferme désormais la trappe. Dan ouvre la porte et on rentre en file indienne pour ne pas patauger dans l'hémoglobine. Direction ma chambre. Ils se mettent à deux pour enlever mon pantalon et me coller sous les draps. Dans un autre contexte, l'érotisme de la situation ne m'aurait pas échappé. Mais j'ai donné pour la soirée. J'ai un réflexe pour attraper mon tube de comprimés sur la table de chevet. Dan m'arrête.

« J'ai mieux. »

Il déplie le sachet en papier, en sort un flacon.

« Thomas m'a donné ça : c'est un mélange de trucs que tu vas aimer. Juste assez pour lutter contre la douleur et te faire planer jusqu'au pays des merveilles ».

Je sens plus que je ne vois le froncement de sourcils de Jo. Les paradis artificiels, ça n'a jamais été son truc. Dan l'interrompt avant qu'il n'ouvre la bouche :

« J'ai une prescription médicale, Joseph, là, dans le sachet si tu veux vérifier.

— Il y a écrit 50 mg, deux fois par jour. Combien tu lui donnes, là ?

— Cinquante mg. On verra plus tard. »

J'avale gentiment le comprimé que Dan me tend avec un verre d'eau.

Ils sont tous les deux penchés vers moi, sourcils froncés, attendant quelque chose. Que je m'endorme peut-être ? Ah oui, c'est une idée… Avant de sombrer, je les regarde.

« Je vous aime. »

Et ils s'évaporent tous les deux dans l'éther.

4

Je me réveille comme si j'avais flotté à l'intérieur d'un nuage pendant des jours et des jours. Un nuage chaud et doré. J'ouvre à peine les yeux. La sensation de douceur persiste. Je me souviens du comprimé. Il faut absolument avoir ça sous la main en permanence, c'est trop bon.

Cette improbable félicité du matin est interrompue par une simple rotation du buste qui me rappelle que je suis abîmée. Je m'extirpe du lit et me dirige vers le vieux miroir en pied. Je regarde mon corps de presque un demi-siècle. On a fait un pacte, lui et moi : « Tu te tiens bien, enfin pas trop mal, et je ne te fais pas suer sur des instruments de torture au fond d'une salle qui pue. » Mes trois petites traces blanches au niveau du nombril et sur mes flancs sont mes points d'affirmation. Elles me rappellent que je me suis construite comme ça, le ventre vide. Qui m'a parlé de mes cicatrices récemment ? Les hanches, les seins, rien que de très familier. Le bras replié dans l'attelle, l'épaule en place, ça va. Par contre la trace bleu violacé autour de ma gorge, c'est nouveau et pas joli joli. Je la suis du bout des doigts. Ça fait mal. Le souvenir d'hier me vrille la tête. Je revois la masse sombre qui me tombe dessus, la sensation s'asphyxie, Bertolino et son marteau, antique Thor en charentaises, la flaque de sang qui s'étale…

Stop ! Regarde-toi dans la glace : tu es vivante et debout. Tu vas te démerder pour le rester encore longtemps. J'attrape le vieux jogging tout mou dans lequel je traîne habituellement. Je m'évertue à l'enfiler d'une seule main. J'arrive dans la cuisine. Dan et Jo s'interrompent.

« Hello, je prendrais bien une bassine de café. Et une de coke aussi. »

Ça ne les fait même pas sourire. Je m'installe, penaude, sur un tabouret haut pendant que Dan joue de la cafetière.

« Comment te sens-tu ?

— Comme quelqu'un qui a besoin d'une bassine de café et d'une autre de coke. »

Le comique de répétition, c'est mon truc. Jo se frotte le crâne. Il a quelque chose à me dire.

« Monsieur Bertolino est décédé cette nuit. »

L'hématome violacé autour de ma gorge est en fait un petit boa constrictor qui vient de resserrer quelques anneaux. Mais la nouvelle ne m'étonne pas. Il m'avait prévenue. J'attrape la tasse que me tend Dan et porte un toast silencieux à Amédée Bertolino, voisin bruyant et héros discret. On laisse passer un vieil ange aux cheveux ébouriffés.

« Autre nouvelle, Diou, on a identifié ton agresseur. Il s'appelle Rafiq El-Haddad.

— Connais pas.

— Il est syrien. »

Un grand froid. Syrien ? Comme Mohamed et sa famille ? Mo, à qui j'ai confié le décryptage de fichiers que je ne comprends pas. Dans une affaire où je ne comprends plus rien, d'ailleurs. Je m'efforce de ne pas sauter trop vite à une conclusion rapide. Mais des Syriens, ici, ça ne court pas les rues.

« Ça va ?

— Oui, j'ai juste la tête qui tourne un peu.

— Je ne sais pas où tu as mis les pieds ni sur lesquels tu as marché, mais le Rafiq en question n'est pas un petit rigolo. Il faisait partie des forces de police syrienne, de la région de Homs. »

Ça commence à faire beaucoup de coïncidences.

« Comment le sais-tu ?

— Un peu avant le déclenchement du conflit, il a participé ici à un programme d'échange et de formation des polices méditerranéennes avec une quinzaine d'autres policiers syriens, libyens et égyptiens…

— Mmm, la fine fleur de la police démocratique. J'espère que l'échange a été fructueux dans les deux sens…

— Oui, bon, c'est comme ça qu'on a pu l'identifier.

— Il est donc déjà venu à Nice… Il a peut-être noué des contacts avec tes petits camarades de commissariat.

— On va vérifier.

— Et on sait pourquoi il est revenu ?

— Pas vraiment. Il n'était pas censé être ici, d'ailleurs. Pas d'entrée officielle, pas de visa, pas d'existence en France. Donc, maintenant, il faut découvrir pourquoi un flic syrien entré clandestinement a tenté de t'étrangler. Tu as une petite idée ? »

Le ton tente de rester léger, mais en dessous, je sens son inquiétude. Je n'aime pas que Jo soit inquiet, ce n'est jamais bon signe. Je suis tentée deux secondes de lui parler du garagiste mais je n'ai pas envie de lui donner Mo et Zeinah en pâture. Il faut que je règle ça moi-même.

« On doit surtout chercher le rapport entre un ex-flic syrien et le meurtre de deux homos. Et là, je t'avoue que je nage complètement.

— Il faut que je prenne ta déposition. »

Il sort un vieux PC d'une réglementaire sacoche de protection noire et moche. En attendant qu'il s'allume, j'essaie de faire le point. Mauro a été drogué et étranglé dans sa villa, j'ai trouvé une clé USB avec des documents que j'ai demandé à Mohamed de m'aider à comprendre, Dorian se fait assassiner dans les mêmes circonstances que Mauro, son frère est un identitaire violemment anti-homo, je me fais agresser par un Syrien inconnu venant de la même ville que Mo et Bertolino meurt. Ah oui, j'ai baisé avec un travesti. Et j'ai aimé ça.

« C'est bon ?

— Quoi ?

— Pour ta déposition, Diou.

— Oui, bien sûr. »

Je lui raconte à peu près tout ce dont je peux me souvenir de la veille. Enfin, de l'agression : inutile d'évoquer mes tribulations à Zanzibar. Lorsqu'on a fini, il vérifie que je vais toujours bien, m'embrasse sur la joue et s'en va.

Dan refait son apparition.

« Qu'est-ce qui s'est passé, Diou ?

— Tu veux dire à part le fait de m'être fait agresser par un mec cagoulé et d'avoir été sauvée par monsieur Bertolino ? Rien, j'ai juste baisé avec Emiliano.

— Tu plaisantes ?

— Non.

— Mais pourquoi ?

— C'est pas très original comme raison, mais on en avait envie tous les deux. Le deuil fait parfois ça, donner le besoin de conjurer la mort et de se sentir vivant, je suppose.

— Tu es en deuil ?

— Non, moi, c'était uniquement sexuel. »

Il sourit.

« T'es con. Ta gorge et ton épaule ?

— Ça fait un peu mal.

— Si je te donne les médocs de l'hôpital, ça risque de *t'ensuquer*. Tu veux te recoucher tout de suite ?

— Non. Il faut que je vérifie deux ou trois trucs. Tu peux m'aider à m'habiller ? »

Un bras en moins, même le gauche quand tu es droitière, c'est chiant. Oublie ton soutien-gorge, essaie d'enfiler un pantalon ou un pull avec une seule main. Les chaussures, je ne t'en parle même pas. Heureusement, Dan s'occupe de tout, retour à la maternelle.

« La prochaine fois, petite fille, tu oublies tes Docs et tu demandes à ta maman de t'acheter des chaussures à scratch, c'est plus facile à enfiler. Est-ce que tu veux que je te fasse deux belles couettes avec des chouchous, aussi ? »

Il passe la main dans mes cheveux pour les ébouriffer, mais savamment comme lui seul sait le faire, puis me tourne autour pour vérifier que rien ne dépasse.

« Je vais mettre un joli foulard autour de ton cou pour cacher ce truc affreux. Voilà. Tu as pris ton sac à goûter et ton doudou ? Tu es sûre d'être assez rétablie pour aller combattre le crime avec l'unique petit poing musclé qui te reste ? »

La dernière phrase n'est légère que parce que Dan ne m'impose jamais rien : ni ses goûts artistiques, ni ses amants, ni ses angoisses. La classe totale, en toutes circonstances. Je l'embrasse dans le petit creux juste sous la pomme d'Adam.

Devant la porte, je respire un grand coup. Chasser le sentiment de vulnérabilité qui arrive avec l'anticipation du palier et de la porte close d'Amédée. J'ouvre pour découvrir le sol en mosaïque parfaitement propre : les petits éclats de pierres lisses luisent doucement. L'odeur de détergent me vrille les narines, mais ça vaut mieux que celle du sang. À équidistance de la porte de monsieur Bertolino et de la mienne, un petit palmier en pot a fait son apparition. Coup d'œil en l'air, le cadenas a l'air solide. Il va falloir que je m'efforce de ne pas vérifier sa présence à chaque fois. Je sonne chez Roseline pour la remercier, mais elle n'est pas là.

Dehors, le soleil m'aveugle. Le clochard bougon est sur le banc, qui me fixe comme une apparition. Il me fait un signe de la tête et retourne à sa gamelle. Je me dirige vers le garage de Mohamed. Le rideau de fer est tiré. Parfois, quand il s'absente, il colle un morceau de carton sur lequel est écrit bien proprement JE REVIENS TOUT DE SUITE. Mais là, rien. Je cogne du plat de la main contre le rideau. Je sais bien qu'il n'est pas derrière mais si je fais suffisamment de boucan, quelqu'un va se manifester. Ça ne loupe pas. Un voisin furibard se penche par la fenêtre au-dessus du garage.

« Oh ! C'est quoi ce bordel ?

— Je cherche Mohamed.

— Ben, vous voyez bien qu'il n'est pas là. Y a *degun* au garage. Arrêtez de faire chier !

— Il a fermé quand ?

— J'en sais rien. Hier dans la matinée, je crois. Allez, cassez-vous, maintenant ! »

Sur cet échange d'une civilité confondante, je tourne les talons et me dirige vers le domicile de la famille Al-Khalili. Porte close encore une fois. Un voisin plus aimable que le précédent m'informe qu'il ne les a pas vus de la journée, qu'il n'a pas entendu les petits partir à l'école ce matin et que, maintenant qu'il y pense, il n'y a pas eu de bruit depuis hier matin, 8 heures, heure à laquelle il a entendu les enfants babiller et batailler pour descendre leurs cartables à roulettes dans l'escalier. Je ne sais pas quoi penser. Jusqu'à présent, Mo était un garagiste sympa, efficace et honnête. Quelqu'un que l'histoire récente avait forcé à quitter son pays pour s'ancrer ici, avec une femme et des enfants adorables. Jusqu'à présent, il avait toujours été gentil avec moi, avec tout le monde d'ailleurs. Jusqu'à présent… J'ai toujours des scrupules à en parler à Jo, parce que malgré tout, je n'ai pas envie de déclencher une chasse à l'homme contre ceux qui m'appellent Djouliha avec un léger souffle sur la dernière syllabe.

Le domicile de Mo et de sa famille n'est pas si loin de la plomberie Lasalle. Riquier est un de mes quartiers préférés. C'est un endroit populaire, sans ostentation, qui ne bénéficie d'aucune visite touristique car il n'y a rien à y voir. Seuls ceux qui y vivent apprécient les platanes du boulevard Delfino qui filtrent le soleil en été. Sorti du tristounet boulevard de Riquier et de l'infernale rue Arson toujours embouteillée, les rues sont calmes avec quelques bars-tabacs ancestraux, des petits commerces dont une mercerie qui n'ouvre que lorsque la mercière l'a décidé et de minuscules entreprises comme celle des Lasalle. Un quartier encore épargné par le rouleau compresseur du-bar-à-tapas-happy-hour-pour-les-mojitos-dégueulasses-mais-cuisine-bio-et-de-saison-parce-qu'on-pense-à-la-planète. Ça ne va pas durer, les spéculateurs vont encore gagner et s'emparer de ce bout de ville pour le transformer en terrain de jeu dans la norme pour trentenaires pleins d'avenir.

J'envoie un SMS à Jo :

TU M'ENVOIES LA PHOTO DU SYRIEN ?

Un temps. Puis une vibration.

POURQUOI ?

— POUR LA COLLER SUR MON FRIGO.

— TU ES SUR QUELQUE CHOSE ?

— JE VAIS VOIR LE PÈRE DE DORIAN. ON NE SAIT JAMAIS.

La photo arrive.

VOUS LUI AVEZ OUVERT LES YEUX ?

— POUR L'IDENTIFICATION.

— C'EST DÉGUEU.

— C'EST PLUS PRATIQUE.

Je scrute le visage sur l'écran de mon portable. C'est étrange. Pour moi, c'est un fantôme, mais un fantôme dont je ressens encore le poids et la force dans mon épaule et sur ma gorge, une masse sombre sans visage qui a cherché à me tuer. Je ne sais pas si ce visage le rend humain. Il a juste une sale tronche. Une sale tronche de cadavre.

« Tu t'es fait décaniller par un quasi-grabataire, putain d'enfoiré de merde. »

Par la vitrine, je vois monsieur Lasalle derrière son comptoir en train d'écrire sur un cahier. J'hésite avant d'entrer. Élevée dans un respect de la politesse élémentaire, j'ai tendance à saluer les gens que je rencontre.

Mais comment souhaiter le bonjour à quelqu'un qui a perdu son fils ? Je me souviens des mots d'une copine ex-entrepreneuse en pompes funèbres : « Quand les gens rentraient dans la boutique avec une tête d'enterrement, je disais “madame, monsieur”. Au téléphone aussi, il y avait toujours une alternative. Mais en vrai, je crois que les gens s'en foutent un peu : quand ils sont dans la peine, ils ne relèvent pas ce genre de trucs. »

Je pousse la porte vitrée.

« Monsieur Lasalle ? »

Il lève la tête. Il semble mettre quelques secondes à me reconnaître.

« Madame Boccanera, bonjour. »

Nous nous serrons la main. Il jette un coup d'œil sur mon attelle mais ne dit rien.

« Je peux vous parler quelques minutes, monsieur Lasalle ?

— Bien sûr.

— Je vais vous poser une question qui va peut-être vous paraître étrange, mais savez-vous si votre fils était en relation avec des Syriens ? Des amis, des connaissances ?

— Des Syriens ? »

Je lui aurais parlé d'extraterrestres qu'il n'aurait pas réagi différemment.

« Oui, des Syriens.

— Non, je ne vois pas.

— Est-ce que le nom de Rafiq El-Haddad vous dit quelque chose ?

— Comment ? Non. Pas du tout. Quel rapport avec Dorian ?

— Et… Mohamed Al-Khalili ?

— Non plus. Qu'est-ce que c'est que cette histoire ?

— Je vais vous montrer une photo, monsieur Lasalle. »

Je sors mon portable et affiche le SMS de Jo.

« Regardez cet homme. Est-ce que vous l'avez déjà vu ? »

Il hisse ma main à une trentaine de centimètres de ses yeux. Observe scrupuleusement.

« Cet homme est mort.

— Oui. Il n'est jamais passé ici ?

— Non. Qui est-ce ?

— Eh bien, c'est lui, El-Haddad. Il est mort hier. Et il y a une possibilité que ce soit le meurtrier de Dorian. »

Il me regarde puis se replonge dans l'examen de la photo.

« Cet homme-là ? Mais pourquoi ?

— Pour l'instant, c'est une hypothèse : on n'a pas pu l'interroger avant sa mort. »

Il pince l'arête de son nez entre le pouce et l'index et fait glisser ses doigts le long de ses sourcils avant de se masser légèrement les tempes. C'est un geste que je fais aussi quand je suis fatiguée.

« Je vous avoue que je ne comprends pas grand-chose. Il est mort avant de parler, mais vous le soupçonnez d'avoir tué Dorian. Qu'est-ce qui vous fait penser ça ?

— Cet homme m'a attaquée chez moi hier soir. Ce n'était pas un voleur. Il a tenté de m'étrangler. Ça ressemblait à la façon dont Mauro et Dorian ont été assassinés. La police a fait le rapprochement.

— Pourquoi vous a-t-il attaquée, vous ? Je veux dire… S'il s'en est pris à Dorian et son ami parce qu'ils étaient homosexuels, vous… je veux dire, vous n'êtes pas un homme… Euh, vous êtes homosexuelle… ?

— Pas récemment (devant son air interloqué, je me reprends), pardon, non, c'est vrai que je ne cadre pas avec le profil de Dorian et Mauro.

— C'est lui qui vous a fait ça, alors. »

Il regarde mon attelle, puis le foulard autour de mon cou. Il tend une grosse main pour presser mon épaule valide.

« Ça va ?

— Oui.

— Comment est mort ce… ce Syrien ?

— Mon voisin lui a fracassé le crâne avec un marteau. Il m'a sauvée.

— Si cet homme est vraiment l'assassin de mon fils, il faut que je remercie votre voisin.

— Il est mort cette nuit. C'était un monsieur très âgé. Et très courageux. »

Il laisse respectueusement passer un temps avant d'enchaîner.

« La police m'a dit qu'ils me rendraient… le corps de Dorian après l'autopsie, peut-être demain. Nous l'enterrerons au cimetière de l'Est, à côté de sa mère. Si vous souhaitez venir, vous êtes la bienvenue.

— Bien sûr monsieur.

— Je poserai la question à Sébastien pour les Syriens.

— Sébastien ?

— Mon fils cadet.

— Il est en relation avec des Syriens ?

— Non, mais il circule beaucoup en ville. Il a des amis. Il peut se renseigner. »

Je frémis en pensant aux amis du fils. Je n'ai pas envie qu'une milice au crâne rasé se mette en chasse pour débusquer des Syriens. Racistes et abrutis, je leur sers un excellent prétexte pour ratonner tout ce qui ne mange pas de saucisson.

« Non, monsieur Lasalle, ne lui en parlez pas. Cette information est confidentielle. Il ne faut pas l'ébruiter. Vous comprenez, on n'est pas formellement sûrs que ce soit l'assassin de Dorian. La police fait son boulot et moi, je continue à enquêter de mon côté. »

Il n'a l'air qu'à moitié convaincu mais accepte d'un signe de tête.

En sortant, je m'aperçois que le temps a changé. Des nuages gris plomb arrivent de l'Italie. Ça sent l'orage. Et ici quand il pleut, tu prends cher : il tombe en une journée l'équivalent de trois mois de flotte à Paris. C'est là que tu vérifies ce qui a été construit pour ce climat ou pas. Par exemple, mon toit à quatre pentes laisse s'écouler la pluie qui ne s'y accumule pas. En revanche, les anciennes plaines vivrières aujourd'hui bétonnées n'absorbent plus l'eau de pluie qui se transforme en torrent furieux…

Comme n'importe quel habitant de cette ville, je n'aime pas la pluie. Le gris ne nous va pas au moral.

Je rentre à la maison. En grimpant l'escalier, je m'intime l'ordre de ne pas jeter de coup d'œil à la trappe en arrivant chez moi. Un défi de gosse : « Si tu arrives à ne pas regarder, tu te manges une tablette de chocolat. » Le petit palmier est toujours là, l'appartement d'Amédée est silencieux. Je me concentre sur ma serrure, tête baissée, pour ouvrir ma porte. « *Mèfi* en la refermant, le moindre coup d'œil et t'as perdu. » C'est bon, j'ai vaincu le dragon d'aujourd'hui. En posant les fesses dans la cuisine, je me rends compte que j'ai foutrement mal à l'épaule et que ma gorge n'est pas vaillante. J'ai peut-être repris du service un peu tôt, finalement. Dan a laissé le petit sac en papier sur la table. Il avait dit combien de comprimés par prise, le gamin à l'hosto ? Sais plus. Deux, ça paraît bien.

Je m'installe dans le lit avec le Craig Johnson que je n'ai pas encore fini. Le temps de retrouver les montagnes du Wyoming, je me sens couler doucement dans un océan d'oubli.

*

C'est un éclair suivi d'un coup de tonnerre qui me réveille. L'orage se déchaîne derrière mes persiennes. Je me redresse sur mon bras valide et tente de me souvenir de quelques trucs essentiels. Qui suis-je et où suis-je ? Ça, ça va à peu près. Quelle heure est-il ? Vingt et une heures onze. Vingt et une heures onze ! J'ai dormi pratiquement neuf heures. D'affilée. Ô produit merveilleux, je sens qu'on va être amenés à se fréquenter souvent, toi et moi. L'appartement est vide. Je me traîne dans la cuisine. J'attrape la cafetière sur laquelle est collé un post-it : MANGE D'ABORD. VA VOIR DANS LE FRIGO.

Notre frigo est un modèle d'ordre et de propreté, régulièrement javellisé pour éviter la salmonelle, et organisé par type d'aliments. Sur la deuxième clayette, deux tupperwares transparents. Un nouveau post-it annonce SALADE POIS CHICHES LENTILLES ROQUETTE NON ASSAISONNÉE qui côtoie un ÉMINCÉ DE BŒUF LÉGUMES VARIÉS DEUX MINUTES AU MICRO-ONDES. Une flèche dessinée sur une troisième note jaune pointe vers une petite boîte en carton portant l'inscription MANGE-MOI. Mon Alice au pays des merveilles m'a acheté une tarte au citron meringuée !

Je me force à manger dans l'ordre parce que Dan préfère étonnamment qu'on débute le repas par l'entrée et qu'on le finisse par le dessert, alors que j'ai tendance à engloutir ce qui me fait envie d'abord.

J'ai faim. C'est vrai que je n'ai pas trop mangé ces derniers temps : deux ou trois événements m'ont fait oublier cette fonction. C'est délicieux, comme tout ce que Dan cuisine. J'essaie de me concentrer sur mon assiette mais mon esprit vagabonde : le visage de Dorian qui sourit se superpose au masque grotesque de sa mort, la tronche du Syrien les yeux rouverts par le médecin légiste et le sourire de Mo qui me demande si je veux un café. Et moi dans tout ça ? Cette question me tombe dessus. Je l'ai repoussée depuis le début. Monsieur Lasalle avait raison, je ne suis pas un homme, je ne suis pas homo… Pourquoi moi ? Qui s'intéresse à moi ? Je me mets à la fenêtre pour regarder le rideau de pluie qui s'abat sur les rues, les toits, les places. Je jette un coup d'œil sur le banc de pierre, quatre étages plus bas. La lumière du lampadaire me rassure : le clochard bougon n'est pas là. J'espère qu'il s'est trouvé un abri.

Fuir la pluie. Les médocs de l'hosto, mes nouveaux amis, m'élèvent vers un état de légèreté et de douceur lumineuse. Et hop, je plonge.

5

Un orage ? Quel orage ? Ce matin, le ciel est lumineux. Seules quelques gouttes encore accrochées aux feuilles des arbres, celles qui te tombent dans le cou quand tu t'y attends le moins et te font couiner, témoignent de la pluie d'hier. Les bâtiments et les montagnes se découpent plus précisément sur le bleu du ciel. On dirait que la couche de pollution est partie avec la pluie. L'air est tout propre, comme disait ma mère. J'ai encore dormi tard et je suis toute molle. Comme vidée de l'intérieur, sans structure. Limite stone. Je me fais un café péniblement. Le coup de fouet de la caféine n'arrive pas. Assise sur le petit balcon de la cuisine, je regarde les toits brillants au soleil, les passants plutôt nonchalants, deux chats qui se feulent dessus, monsieur Bougon sur son banc. Il y a une espèce de sérénité dans l'air après la tempête qui m'ôte toute envie de bouger. Serena… J'avais un truc à lui demander, mais quoi ? Ah oui, la toile de Geronimi chez Rafaelo… Faut que je l'appelle. J'entends la clé dans la porte et une minute plus tard Dan arrive dans la cuisine. La mine réjouie, l'œil et le poil brillants, de toute évidence il n'a pas dormi ici.

« Ça va ? » lance-t-il avant d'aviser le sachet en papier sur la table et d'ouvrir la boîte de médicaments.

« Dis-moi, tu en as pris combien ?

— Hein ?

— Les comprimés, tu en as pris combien ?

— Ben... Deux fois : hier midi et hier soir. J'avais mal.

— Non, je veux savoir combien tu en as pris à chaque fois.

— Deux.

— Diou ! C'est un par prise, et pas plus de deux en 24 heures.

— C'est peut-être pour ça que je me sens comme une merde ce matin.

— Il est presque midi.

— Je vais me recoucher.

— OK, mais je t'enlève ce truc. Ce n'est pas un somnifère, c'est un antidouleur.

— En tout cas ça marche. »

Je bâille à m'en décrocher la mâchoire.

« Tu peux me laisser le numéro de Serena, du Poulailler rouge ? J'ai un truc à lui demander.

— Je te laisse ça sur la table. Va te coucher maintenant. »

Dormir autant et aussi profondément, c'est un peu effrayant finalement. Cette sensation d'être dans le gaz m'est complètement nouvelle. Mariée à mon bras en écharpe et à ma gorge prise, je me sens étrangère à moi-même. Mon cerveau n'arrive plus à se dissocier de mon corps pour me raconter des conneries. C'est comme s'il était scotché à l'intérieur de ma boîte crânienne, retenu par une pseudo-réalité qui l'empêche de s'évader. Ce n'est pas à ça que je pensais quand je souhaitais avoir un cerveau normal. Enfin, si c'est ça la normalité, je m'en passerai. Il faut que j'arrête ce truc. Ma dernière pensée sur l'oreiller.

Quelques heures plus tard, je suis sous la douche. J'ai enlevé l'attelle. Je ne sais plus si c'est le bon moment ou pas, mais j'en avais marre. Sous l'eau chaude, je fais jouer doucement l'épaule, je masse les muscles endormis. Ça a l'air d'aller. Côté gorge, ça tourne au verdâtre, c'est ravissant.

Je prends presque plaisir à enfiler toute seule mes fringues. Je récupère le numéro de téléphone de Serena, posé sur le châle de Roseline Fiorelli tout propre et bien repassé. Dan pense à tout. Le répondeur de la jolie rousse m'informe qu'elle est peut-être en train d'écouter de la musique si fort qu'elle n'entend pas la sonnerie du téléphone, mais que le Poulailler est ouvert jusqu'à 18 heures.

J'attrape mes clés, ouvre la porte, fixe le palmier pour éviter de lever la tête. Premier arrêt au 3e étage. Madame Fiorelli m'accueille à bras ouverts. J'ai le plus grand mal à refuser d'entrer, un café, un biscuit ou un digestif si vous voulez, en prétextant une course urgente. Je lui tends son châle en la remerciant mille fois pour le nettoyage du palier et le palmier (« Il vous plaît ? Je me suis dit qu'il se sentirait bien là-haut ») et je prends congé en promettant que plus tard, bien sûr, une autre fois.

Je me dirige vers le banc de pierre et m'arrête à un mètre du clochard assis qui me regarde arriver sous sa casquette.

« Bonjour. »

Hochement de tête.

« Je voulais vous poser une question. »

Silence puis un geste qui semble dire « Attendez ». Il fouille dans l'une de ses poches, en sort une ardoise blanche et un feutre et griffonne quelque chose qu'il me tend presque triomphalement. *ICH BIN STUMM*. De l'allemand, ça va être pratique. Je suis… ? Il pose un index sur sa bouche et mime « chut ».

«Vous êtes… muet ? » J'improvise un geste, genre je ne peux plus parler.

Hochement de tête à nouveau. Je m'apprête à discuter avec un Allemand muet (mais pas sourd a priori) : la conversation risque d'être intéressante. Je me présente en me désignant. Il efface sa phrase précédente avec sa manche et écrit FERDI. Je sors mon téléphone et affiche la photo du Syrien. Il regarde la photo puis fait un geste de la main que je ne comprends pas. Comme je le regarde interloquée, il écrit : *TOT*.

« Ah oui, il est mort. »

Sa main s'agite sur l'ardoise. *ICH HABE IHN GESEHEN. AUF DER STRASSE.* Je mobilise des connaissances vieilles de plus de trente ans… Il l'a vu dans la rue. Laquelle ? Je prends son ardoise : *WO ?*

Il se lève, attrape son sac et me fait signe de le suivre. On contourne mon immeuble et on grimpe vers l'école un peu plus haut. Il s'arrête et me désigne la montée du Château. Il est passé par là. En s'arrêtant à mi-chemin sur cette voie-là, le gars avait une vue imprenable sur mon immeuble. Sur le toit en particulier.

WANN ? Il me regarde en hésitant, hausse les épaules. Je réalise que la notion du temps doit être différente lorsqu'on est assis sur un banc de pierre toute la journée. Nous redescendons vers la place. Je fouille la poche de mon jeans pour en sortir un billet de 10 €. Il referme ma main pour refuser.

« *Ein Kaffee*, alors ? » *SPÄTER.* Plus tard.

*

J'arrive chez Serena.

« Hellooooooooo ! J'adore ton foulard ! »

Il faut que je m'habitue à ses entrées en matière enthousiastes. Comme la dernière fois, elle a un petit cigare au coin de la bouche et une cafetière à la main. Je devine que ce sont deux attributs essentiels à sa survie.

« Toujours sur cette affaire ?

— Toujours. J'ai d'ailleurs un truc à te demander.

— Attends, on s'installe. »

Cette fois-ci j'évite le canapé engloutisseur et me prends une chaise en paille. Ça fait des décennies que je n'en avais plus vu, tout comme ça fait des décennies que les rempailleurs ont disparu du coin des rues.

« Les toiles de Geronimi, tu en as vendu plusieurs ?

— Oui, quatre. Pendant le vernissage, je crois.

— Tu te souviens des acheteurs ?

— Moui, attends. Le fameux monsieur Giannini, un couple de touristes australiens et un collectionneur de Toulouse.

— Pas de femme ? Grande brune, quarante-cinq ans à peu près, genre très sûre d'elle…

— L'*executive woman* ? Je l'aurais bien exécutée, celle-là ! Elle est passée, trois ou quatre jours après le vernissage. Effectivement, elle a acheté une pièce. Elle l'a même payée cash en sortant une liasse.

— Tu ne l'aimes pas.

— Une connasse. Elle a à peine pris le temps de regarder l'accrochage. Si j'expose des artistes, c'est pour montrer leur œuvre. J'aime les gens qui prennent le temps, qui posent des questions. Même s'ils n'y comprennent rien, je m'en fous : en art, il n'y a pas de discussions naïves. Elle , j'ai senti que c'était purement utilitaire. Elle a dû se dire que ça allait bien avec la déco de son salon. Berk ! je déteste ces gens. (Soupir.) Et j'en vois de plus en plus. Je me dis que je ferais mieux d'aller vendre des souvenirs chinois à des touristes, je m'emmerderais moins.

— Ça m'étonnerait. »

Serena sourit derrière son café.

« Tu as réfléchi à mon idée de photo ?

— Non. Enfin, je veux dire, je n'ai pas eu le temps. Et puis tu sais, ma gueule…

— Je peux photographier une autre partie de ton corps, tu sais. »

Soudain, je visualise les petites cicatrices blanches de mon ventre traduites en pixels. Je me demande si cette femme n'est pas un peu sorcière.

« On en reparle quand j'ai fini cette histoire. Promis. »

*

Il est près de 19 heures et je suis crevée. Je m'affale sur le canapé et allume la télévision. C'est bientôt l'heure des informations régionales que je regarde souvent par réflexe. Le ton est souvent lisse sur cette antenne, les sujets aussi. La politique y est traitée avec des pincettes bien-pensantes, toujours du côté du manche, et la société sous le prisme de la fête du cougourdon et de l'élection tant attendue de la reine du carnaval. Depuis quelque temps cependant, ils traitent la question des réfugiés de manière équilibrée. À ma grande surprise, on entend autant les habitants qui les accueillent malgré les menaces judiciaires que le député nuisible qui attise la haine pour ratisser le plus large possible.

L'autre pilier des informations, c'est le foot. D'ailleurs aujourd'hui, le journal ouvre sur le match de la veille, en particulier sur les affrontements entre supporters, grande tradition locale. Difficile pour les Ultras niçois d'envisager mieux qu'une bonne baston avant ou après le match. Contre les supporters bastiais, par exemple, parce qu'ils sont corses, avec l'OM parce que c'est Marseille, avec les Lyonnais parce qu'ils sont du Nord. Et quand c'est Paris, parce que c'est magique. Retour plateau : lorsque le présentateur reprend la parole, c'est pour lancer un sujet sur un accident survenu sur le chantier du tramway. Une partie du tunnel s'est détachée, un ouvrier a été blessé. Le reportage débute sur un plan général du chantier où plusieurs ouvriers s'affairent sur une zone en contrebas. Le commentaire pose des questions de sécurité et de « concomitance avec le terrible orage de la veille ». Soudain, la copine de Jo apparaît à l'écran. Laurence Mansour a enfilé une chasuble aux couleurs de l'entreprise et posé un casque de chantier réglementaire sur ses cheveux bien lisses, telle un vaillant général au cœur de la tempête. Elle évoque la sécurité, « priorité numéro un chez Rafaelo », l'enquête interne immédiatement diligentée, le soutien à la victime. Son visage m'est décidément familier, mais impossible de la resituer. Un peu comme lorsque je regarde une série à la télé et que soudain, « Putain, lui, dans quoi il jouait, déjà ? On l'a déjà vu, non ? » C'est à ce moment que Dan empoigne sa tablette pour une recherche internet qui met fin au suspens. Mais là, il n'y a que mon cerveau qui me renvoie un écho stérile. Le sujet se termine au bout de deux minutes. On ne va quand même pas s'attarder sur un ouvrier qui a eu la malencontreuse idée de passer juste quand un mur se détache. Et sans transition, l'étape internationale du triathlon plein d'athlètes survitaminés. J'éteins.

6

Ce matin, c'est l'enterrement d'Amédée. Colette a tout organisé. Elle a lancé une collecte auprès des habitués du bar et des commerçants du quartier. Et nous a donné rendez-vous à l'église Notre-Dame-du-Port. Avant le début du chantier, grimper les cinq marches de l'église et se retourner face au sud était la promesse d'une petite jouissance, celle d'embrasser le port d'un seul coup d'œil par-dessus la place Île-de-Beauté car le bâtiment dominait les quais. Aujourd'hui, avec la structure monstrueuse qui traite les déblais du chantier, seule la statue de la Vierge en haut du fronton de l'église doit encore apercevoir la mer, car les simples mortels ne voient plus rien du port. L'esthète qui accompagne la communication du tramway a cependant tout prévu pour consoler les passants : l'installation est recouverte d'une immense bâche avec les photos des bateaux disparus du paysage. C'est à pleurer.

Nous sommes venus à l'heure dite, Dan et moi. Les gens arrivent tout doucement pour Amédée. Je reconnais trois bouchers de la place Saint-François, la petite vieille qui boit son Casa à heure fixe tous les jours chez Colette, et Roseline qui vient m'embrasser. Dan et moi frôlons les cent ans à nous deux, mais nous faisons quand même chuter dramatiquement la moyenne d'âge des participants. Colette s'approche.

« J'ai demandé une bénédiction simple. Ce curé, il faut le cadrer, sinon il te tient pendant deux heures. Plus il vieillit, plus il est bavard… Vous n'entrez pas, j'imagine ? »

Dénégations des deux mécréants appuyés contre l'une des quatre immenses colonnes de l'église. Colette lève les yeux au ciel en secouant la tête, faussement outrée.

« Allez nous attendre au bistro, ensuite on monte au Château. »

Direction le quai des Docks pour boire un café en ayant une chance d'apercevoir les pointus. Ils ne sont plus nombreux dans le port, mais il reste quelques pêcheurs et quelques passionnés qui les entretiennent, les retapent, les repeignent. Rouge, bleu, vert, jaune… C'est toujours un festival de couleurs et de noms niçois : *Ratapignata*, *Lou pebroun*, *M'en bati*… Je m'installe en terrasse pendant que Dan, qui connaît vraiment tout le monde, va embrasser un vieux monsieur en train de calfater son bateau sur la petite aire de carénage au bout du quai. Il me rejoint au bout d'un moment.

« Le curé de Notre-Dame, c'est bien celui qui bénit les bateaux ? »

Le 15 août, le curé de l'église du port s'amuse à organiser la bénédiction des embarcations. Il n'est pas regardant : yacht ou pointu, riche ou miséreux, chacun reçoit sa part d'eau bénite et de regard extatique. Dieu reconnaîtra les siens.

« C'est pas lui qui s'occupe des téléphones, aussi ? »

Oui, parce qu'ici on a des curés fous de la messe. Ça bénit tout et n'importe quoi. Les bateaux donc, mais aussi tablettes et smartphones, animaux de compagnie et même artistes. Ce que je ne comprends pas, c'est pourquoi ils n'organisent pas une seule et même bénédiction pour réduire les coûts (plif le téléphone, plof le toutou, plif-plof l'artiste de bénitier). Et tout ça se presse au goupillon pour recevoir sa gougoutte magique. Avec force reportages dans le journal le lendemain, où propriétaires de chihuahua et pieux créateurs sourient béatement sur les photos. Chaque année, Dan repère les visages en adoration et les raye de ses futures expos. Il est un peu seul dans sa démarche, et sa liste d'artistes se réduit comme peau de chagrin. Mais ceux qui restent sont assurés de son soutien indéfectible. On boit tranquillement notre café. Je profite de la beauté de mon port pendant que Dan tapote sur le clavier de son téléphone. Puis il se tourne vers moi :

« Tu me racontes ?

— Quoi ?

— Emiliano. C'était comment ?

— Noooooon ! Tu déconnes ! Pourquoi tu veux savoir ?

— Par curiosité. Je ne me le suis jamais tapé. Je voulais juste savoir si j'avais loupé quelque chose.

— Ça craint, Dan…

— Alleeeeeeeeez…

— Bon… Tu as vraiment loupé quelque chose.

— Putain, je le savais. »

Et c'est tout. Il sirote sa tasse de café (« Dégueulasse »), et laisse son regard flotter sur la colline du Château.

« Quand je meurs, je te charge de m'enterrer là-haut. Je suis déjà jaloux de Bertolino.

— Au rythme où ça va, je risque d'y passer avant toi… Alors, moi, je veux que tu disperses mes cendres à Coco Beach.

— Le premier qui clamse a gagné, quoi…

— Quelque chose comme ça.

— Plus j'y pense, plus je me dis qu'Amédée a eu une belle mort : en héros et en dormant. J'ai eu tort de ne pas faire plus attention à lui. Après tout, on lui doit la persistance de ta présence sur terre.

— La persistance de ma présence sur terre ? Qu'est-ce que c'est que cette expression à la con ?

— Oui, ça va, tu m'as compris. Je lui en suis reconnaissant. Ça aurait été vide sans toi, ma grande. »

Il m'embrasse sur la tempe.

Colette a dû mettre une sacrée pression au curé parce qu'au bout d'un quart d'heure, le glas retentit. On paie en vitesse. Casques, scooter, démarreur, on passe par le boulevard Stalingrad pour rejoindre l'église juste au moment où le cercueil en sort, porté par quatre hommes en gris. Ils le posent délicatement dans le corbillard, le curé agite encore une fois son truc et on referme la porte du véhicule. Je vois Colette effectuer la répartition dans les voitures. Le cimetière n'est pas loin, mais ça grimpe sec. Il ne s'agirait pas de perdre encore quelques paroissiens d'une crise cardiaque dans l'ascension.

Dan suit obligeamment le corbillard qui roule à deux à l'heure le long du quai Papacino, mais lorsque celui-ci entame la montée du château, il le double pour prendre de la vitesse. « Sinon, on va se casser la gueule », je ne réponds pas, j'admire les façades ocre rouge et jaune que l'on longe sur la droite. Puis un rideau d'arbres se met en place et au fur et à mesure que l'on monte, apparaissent les toits de tuiles. Tout en haut, on en arrive à dominer la ville entière. Le cimetière est implanté sur l'ancienne citadelle détruite par Louis XIV pour éradiquer définitivement la place-forte des ducs de Savoie. Ici, c'est le seul endroit au monde où une colline du Château n'abrite aucun château, pas même un vieux rempart ou un restant de douve, le roi Soleil ayant tenu à araser à l'explosif ce qui restait encore debout après le bombardement. D'où la perplexité des touristes qui errent à la recherche de ruines inexistantes.

Jo est déjà là, assis sur le capot d'une voiture à l'entrée du cimetière.

« Tu viens à l'enterrement de Dorian Lasalle tout à l'heure, Diou ?

— Oui. Deux dans la journée, c'est bien, tir groupé. Après, j'en fais plus pendant dix ans. Tu as les résultats de l'autopsie ?

— Comme on le pensait, il y a des traces de GHB dans son sang. Il est mort par strangulation. L'examen a révélé des fibres de cuir incrustées dans son cou. Comme pour Mauro Giannini. Ça correspond à la lanière qu'il a utilisée pour t'agresser. Et les brûlures de cigarette ont été faites de son vivant. »

Je vois Dan serrer les lèvres et détourner la tête.

« À mon avis, on l'a drogué au GHB pour le faire parler. C'est un produit qui t'empêche de réagir physiquement mais selon le dosage, tu restes conscient et tu peux communiquer. C'était peut-être le même scénario avec Mauro Giannini. Pour Dorian, comme ça n'allait pas assez vite, ils sont passés à la cigarette.

— Pour lui faire dire quoi ?

— Je ne sais pas… Peut-être qu'il avait engagé une détective privée pour rechercher le meurtrier de Giannini. D'où la visite de El-Haddad à ton domicile…

— Et il s'est acharné sur le prénom de Mauro… Par hasard ? Par sadisme ?

— J'imagine. »

Le convoi funéraire arrive. Nous nous redressons tous les trois. La voiture de tête se gare sur l'emplacement réservé aux corbillards tandis que les trois ou quatre qui suivent libèrent leurs passagers puis se dirigent vers l'espèce de parking mal foutu tout au bout. L'un des conducteurs arrivera sûrement en retard parce qu'il n'aura « pas trouvé de place, j'ai dû me garer au diable vert, tiens ! ».

Le curé et les porteurs du cercueil ont l'air de savoir où ils vont. Je suis curieuse de voir où sera enterré Amédée (et comment Colette a réussi à trouver une place ici : je pensais que c'était impossible). À l'entrée, je jette un coup d'œil sur ma gauche pour saluer Gaston Leroux, puis à ma droite sur la tombe vide de l'incroyable Anita Garibaldi, combattante brésilienne et femme de Giuseppe. Nous prenons l'allée centrale puis grimpons pour nous arrêter juste sous le cimetière protestant. En fait, monsieur Bertolino possédait une tombe « concession à perpétuité ». À quelques mètres de là se dresse celle de Joseph Bavastro, le corsaire de la République, surnommé « le lion de Gibraltar ». C'est un joli voisin pour Amédée. Le tombeau est prêt, avec un trou ouvert à sa base. Les quelques participants se rassemblent autour. Madame Fiorelli se mouche, un vieux monsieur à casquette déboule en claudiquant (« Je vous jure, à chaque fois que je dois me garer ici, il me monte le *christou* ! ») et la petite dame au Casa regarde discrètement sa montre. Les gars du cimetière attendent, cordes à la main, que le curé marmonne une énième bénédiction. Puis ils font glisser le cercueil en diagonale au fond de la tombe. Malgré leur savoir-faire et leurs précautions, ça racle sur les bords avec un bruit terrible. Je serre les dents, comme tout le monde je pense, en attendant que le vieux monsieur soit installé tranquille au fond du trou. Il n'y a pas de famille à qui présenter ses condoléances : Amédée était le dernier des Bertolino. Colette prend l'initiative de jeter une poignée de terre sur le cercueil, top départ pour que le petit groupe défile devant la tombe. Signe de croix, génuflexion, rien du tout, chacun rend hommage à sa manière.

« Allez, on y va, on les laisse faire », intime Colette qui se dirige d'un pas décidé vers la sortie. Roseline discute avec la dame au Casa, les bouchers de Saint-François remettent leur casquette, l'un d'entre deux distribue des clopes. Je vois les employés attraper leurs pelles.

« J'ai failli apporter un marteau pour le déposer délicatement sur le cercueil, en hommage, susurre Dan. J'ai bien fait de m'en abstenir, j'aurais dû le balancer dans le trou. Tu imagines le bordel ? »

On s'éloigne, un sourire aux lèvres. Ce cimetière est magnifique, paisible, comme une île flottant doucement au-dessus de la ville. Le soleil caresse les statues. La plus spectaculaire est celle de l'ange de la famille Grosso qui veille sur toutes et tous depuis ses douze mètres de hauteur.

« À quoi pensent les gens ? »

Dan pile devant une stèle familiale portant le nom d'une demi-douzaine de personnes.

« À quoi pensent les gens quand ils choisissent l'image qui va représenter leurs parents pendant les siècles à venir sur leur foutue tombe ? Regarde-moi ça, ils sont très forts pour te tartiner du marbre, de l'écriture dorée, de la statue endeuillée… Et au milieu de tout ça, ils te collent des portraits où leurs proches ressemblent aux descendants du monstre de Frankenstein et de Margaret Thatcher. Diou, en tant que ma légataire universelle, je te somme de choisir une photo où je ressemble à un dieu descendu de l'Olympe. N'aie crainte, tu n'auras que l'embarras du choix. »

Sur ces paroles indignes d'une fin d'enterrement, nous sortons du cimetière. Le canon tonne, il est midi. Dans deux heures, on enterre Dorian. Ça va être moins drôle.

*

Effectivement. Malgré le soleil et le bleu du ciel, c'est difficile d'enterrer un jeune homme de vingt-cinq ans. Les stèles s'alignent sagement dans le cimetière de l'Est. Pas de composition folle ou de statues délirantes. Juste un endroit utilitaire et triste.

La tombe est largement béante cette fois et le cercueil est posé par-dessus, sur des étais. Devant se tiennent un curé et la famille. Monsieur Lasalle serre le bras de Sébastien. Tous les deux ont la tête basse et les poings crispés. Derrière eux, quelques personnes dont deux femmes, les yeux dissimulés par des lunettes noires. Un petit groupe compact et silencieux fermé sur lui-même comme une bête blessée. Un peu plus loin, un jeune homme seul, casque de moto à la main.

« Fabien Minotti, l'ex de Dorian », me chuchote Jo.

Nous nous sommes mis un peu à l'écart. Jo a voulu vérifier l'identité de ceux qui assistent à l'enterrement.

« La tante de Dorian et sa cousine, celle qui s'est mariée à Melun le soir où Mauro est mort. Avec elles, le beau-frère et quelques cousins. C'est pas lourd pour un jeune homme qui… Hé, c'est quoi, ça ? »

Je suis le regard de Jo. Ça, c'est le Zanzib'hard qui s'avance dans l'allée. Emiliano marche lentement à la tête d'un groupe d'une trentaine de personnes. Jean-Yves et Jacques sont à ses côtés et je pense reconnaître Mylène Farmer et Marilyn. Derrière, j'imagine que ce sont des clients, des fans de Conchita. Chacun tient un lys blanc. C'est théâtral et réussi. La famille Lasalle s'est retournée, bouche bée. La troupe s'est arrêtée respectueusement à quelques mètres. Le curé rompt le charme en annonçant qu'il est l'heure de dire « au revoir à notre cher Dorian, rappelé à Dieu… ». Un immense sanglot jaillit de la poitrine de monsieur Lasalle. Immédiatement, tous les bras de sa famille l'étreignent et l'engloutissent comme un organisme vivant qui tente de se soigner lui-même. Les deux femmes se détachent pour poser un long baiser sur le cercueil. Les hommes défilent en se signant. Fabien Minotti s'éloigne à reculons puis pivote sur les talons et disparaît au coin de l'allée. Monsieur Lasalle se redresse et regarde dans ma direction. Je respire un grand coup et me dirige vers eux. Je pose une main sur le bois verni puis je murmure des mots forcément creux à l'attention de la famille en serrant rapidement la main du père. Sébastien s'est réfugié derrière lui, les yeux rivés au sol.

Je retourne aux côtés de Jo et attends la suite… qui ne se fait pas attendre. Emiliano s'avance, pose doucement sa fleur sur le cercueil puis se tourne vers la famille. Il prend plus de temps que moi, je ne sais pas ce qu'il dit. Monsieur Lasalle le regarde puis saisit la main tendue et la serre entre les deux siennes. Chaque membre du Zanzib'hard s'avance à son tour pour déposer un lys et le cercueil ressemble bientôt à une petite colline de fleurs blanches. C'est le curé qui sonne la fin en agitant son goupillon une dernière fois. La famille Lasalle s'éloigne, s'enfuit presque. Emiliano s'avance vers nous. Il salue Jo d'un signe de tête et m'embrasse sur la joue. Puis il fronce les sourcils et glisse un doigt dans mon foulard pour le décoller et jeter un coup d'œil à ma gorge. Le geste est presque intime, et me met mal à l'aise.

« Qui t'a fait ça, Roulia ?

— C'est une longue histoire… (je vois son œil inquisiteur se poser sur Jo). Lui, c'est le commandant Santucci qui enquête sur les morts de Mauro et Dorian. D'ailleurs, je vous présente : Jo Santucci, Emiliano… du Zanzib'hard.

— Emiliano Sanchez Moreno, enchanté. »

Virile poignée de main entre les deux hommes (je soupçonne Jo d'accentuer sa virilité à cette occasion). Emiliano rejoint son groupe et Jo se tourne vers moi.

« Tu le connais d'où ?

— Par Dan. C'est lui qui m'a donné le nom de Fabien. »

Sans commentaire, Jo jette un dernier coup d'œil autour de lui, et on se dirige vers la sortie. Derrière nous, les pelletées de terre retombent sur le cercueil de Dorian.

*

Fin d'après-midi. J'allume la radio parce que je sens que je mouline à vide. Les enterrements de la journée n'ont rien fait pour me faire avancer, ni me remonter le moral. Dans le poste, Sanseverino chante le bagnard Papillon quelque part sur la pointe de l'île du Diable. Assis sur le banc de Dreyfus, il compte le rythme des vagues pour déterminer celle qui l'emportera hors de l'enfer de la Guyane. Regarder les vagues, c'est une idée. Jo m'appelle à ce moment-là.

« On va boire un verre ? J'ai besoin de faire le point. Je sens qu'il y a des trucs qui m'échappent, ça me gonfle.

— Une balade sur la Prom, plutôt ? Moi, j'ai envie de mer. »

Quelques minutes plus tard, on se rejoint au bout du cours Saleya. Une fois la rue franchie, je me remplis de la lumière qui se reflète sur la Méditerranée. Et des odeurs de crème solaire qui montent des derniers touristes étalés sur les galets. Nous marchons côte à côte en direction du port, Jo perdu dans ses pensées, moi dans les miennes. Soudain il me dit :

« J'ai réfléchi à ce carton, Diou, il y a un truc qui me chiffonne…

— Chuuuut. »

Je lui colle doucement deux doigts sur la bouche sans m'arrêter de marcher. C'est l'heure bleue. Ce moment tellement doux qu'il crée un manque quand il disparaît. La mer est étale, l'horizon s'y fond. Par la magie de la synchronisation de deux feux rouges qui neutralisent la circulation au niveau de Rauba Capeù, nous allons bénéficier de presque dix secondes de silence. Jo le sait aussi et se tait, juste pour savourer les cinquante nuances de bleu qui s'offrent à nous. Évidemment, il faut toujours qu'un connard grille un feu et te pourrisse les quelques instants volés. J'entends le rugissement d'une moto qui arrive derrière nous. Avant même de le voir, je lui souhaite le gadin et la glissade latérale pour qu'il finisse à la baille. Je me tourne vers Jo mais, juste à ce moment-là, il trébuche et s'affale par terre. Je vois la moto passer devant nous à toute blinde : les deux passagers sont en cuir noir et casque intégral. Je ne sais pas pourquoi, je pense au juge Michel. Et soudain, je comprends. Jo s'est écroulé, du sang sourd au niveau de son ventre. Je me jette à genoux, arrache les pans de sa chemise. Il y a un trou à gauche. Un trou qui laisse sa vie s'écouler en rouge. Je presse mon poing serré au-dessus de la blessure et me mets à hurler. J'appelle à l'aide et je supplie qu'on ne me laisse pas le regarder mourir. J'entends les voitures piler, quelqu'un se précipite, appelle les pompiers puis s'agenouille à côté de moi.

« Attendez, il faut que je comprime dans son dos. Il saigne par là aussi. »

Une main enserrant une écharpe se glisse sous les reins de Jo.

« Continuez comme ça de votre côté. Il faut tenir jusqu'à ce que les secours arrivent. »

Je ne comprends pas ce qu'il me dit. Je fixe le visage de Jo, livide. Je cherche son souffle. Il est si ténu que je crois l'imaginer.

« J'étais derrière vous, j'ai vu le passager de la moto faire feu dans votre direction. Votre ami a dû prendre une balle dans le dos. »

Le type parle et je m'efforce de raccrocher. De mettre un sens sur les mots. Tout ce que je vois, c'est ce foutu sang qui coule. Combien de litres ? Combien de litres dans un corps humain ? Dans un grand corps comme le sien ? Quatre litres ? Cinq litres ? Il faut que ce soit cinq litres. Il faut qu'ils arrivent avant que les dernières gouttes ne quittent la pompe de son cœur.

« On est pas mal, on est bon, là. Ça commence à se calmer un peu, vous voyez ? »

Je ne vois que mes mains couvertes de son sang et sa bouche qui ne me dit plus rien.

« Il y a une sirène. Ça va aller. Tenez bon. »

Les pompiers arrivent en slalomant sur la Promenade totalement embouteillée : ils finissent leur course en roulant sur le trottoir. J'entends leurs pas lourds, chaussés de bottes anti-feu.

« Qu'est-ce qui s'est passé ? Madame ?

— C'est le commandant Joseph Santucci, 52 ans, groupe sanguin O+. Quelqu'un lui a tiré dans le dos. Il faut prévenir Casalès au SRPJ. »

J'ai débité tout ça sans m'en rendre compte, concentrée sur le sang qui continue de couler.

« OK. Nous allons l'emmener. Je vais vous demander de retirer vos mains, on le met sur un brancard. »

Leurs mouvements sont fluides et précis. En quelques secondes, le grand corps de Jo est posé sur une civière que l'on roule vers le camion. Je me tourne vers le bon Samaritain qui tient son chèche imbibé de sang. C'est un tout jeune homme, peut-être dix-sept ans, aux cheveux bouclés.

« Il faut que vous restiez ici, pour témoigner. S'il vous plaît. »

Son visage est sérieux mais tranquille.

« Ne vous inquiétez pas, madame, j'attends la police. Je leur dirai tout ce que j'ai vu. Ne vous inquiétez pas. »

Il me sourit et un petit soleil éclôt.

Je grimpe dans le camion et m'installe à côté de Jo.

« Vous êtes sa femme ?

— Oui. »

On ne va pas entrer dans les détails.

*

Aux urgences de l'hôpital, on me dépossède de Jo. Il est embarqué derrière des portes battantes et je reste devant le bureau des admissions, les bras ballants, complètement désorientée.

« Madame ? »

Revoilà Jackie Brown. En vrai, elle s'appelle Angela, c'est marqué sur son badge. Pas de nom de famille. Les infirmières sont de jolis prénoms, et les médecins, de respectables patronymes.

« Venez vous débarbouiller, vous ne pouvez pas rester comme ça. »

Je suppose que non, effectivement. J'ai du sang jusqu'aux avant-bras, mon T-shirt en est maculé et je sens que je m'en suis foutu sur le visage. Elle m'entraîne vers une salle d'eau dans une chambre vide et me tend une serviette.

« Prenez une douche, je vais vous trouver quelque chose pour remplacer votre haut. »

J'obtempère mécaniquement. Une fois sèche, je renfile mon slip et mon jeans. Je jette mon T-shirt dans la poubelle. Angela toque à la porte et me tend un paquet sous cellophane.

« Désolée, c'est tout ce qu'on a. »

La fameuse chemise d'hôpital que tu enfiles par devant et qui se ferme à l'arrière. En te laissant le cul à l'air.

« Attendez, je vais vous aider pour la fermer. C'est bien, au moins vous avez pu garder votre pantalon. Ces blouses, pffff, je ne sais pas qui est le malade qui les a inventées, mais on devrait l'exposer en place publique avec ce truc. Voilà, ça y est. Comment vous vous sentez ?

— Je voudrais avoir des nouvelles du commandant Santucci.

— Oui, bien sûr. Dès que le médecin sortira du bloc. Mais… je vous ai vue il n'y a pas très longtemps, vous, non ?

— Oui, j'avais l'épaule déboîtée.

— Et une marque de strangulation… qui a l'air de rentrer dans l'ordre, d'après ce que je vois. Vous avez une vie particulière, vous. Ça fait quoi, trois jours ?

— Ce doit être ça. »

J'ai complètement perdu la notion du temps. Cela ne fait même pas une semaine que Dorian est entré dans mon bureau, et j'ai l'impression de traîner cette histoire depuis des mois.

« Il y a un capitaine de police qui veut vous voir. Il attend dans le couloir. »

Je découvre un petit bonhomme très brun, très sec, avec une raie sur le côté et un costume beige. Qui porte encore des costumes beiges ?

« Madame Boccanera, je suis le capitaine Casalès, l'adjoint du commandant Santucci. Venez, on va s'asseoir à côté.

— Vous avez des nouvelles ?

— Non, pas encore. Ils sont en train de l'opérer.

— Vous savez si… C'est quoi votre prénom ? Je vais avoir du mal à vous appeler Casalès. Ou même capitaine.

— Edgar. Edgar Casalès.

— Vous vous appelez Edgar ? »

Et je glousse comme une gamine, avec une sorte de hennissement, les mains devant la bouche. Casalès attend que ça passe. Évidemment, ça ne passe pas. J'essaie de me contenir.

« Et Jo vous surnomme Ed ? » Regard interloqué. Mon fou rire repart. « Ed et Jo. Vous voyez ? » Il me regarde, toujours interloqué. « Les personnages de Chester Himes : Ed Cercueil et Fossoyeur Jo. Non ? Laissez tomber, je lis trop de polars. »

Je fonds en larmes. La proximité de Jo et d'un cercueil, la peur, la fatigue… Il me tend un Kleenex.

« C'est Jones. » Il sourit poliment.

« Pardon ?

— Fossoyeur *Jones.* Ed Cercueil et Fossoyeur Jones, les héros de Chester Himes. »

Du coup, je me sens comme la reine des pommes.

« Ne vous inquiétez pas, il va s'en sortir. Et on va trouver ceux qui ont fait ça. En attendant, j'ai besoin que vous me racontiez tout ce que vous pouvez. »

Je lui raconte donc à peu près tout ce que je sais, mais c'est maigre. Les deux motards en noir, Jo qui tombe. Je n'ai pas entendu le coup de feu. Le bruit du moteur ? Un silencieux ? Ils sont partis vers l'est.

« Et puis, juste avant, Jo m'a parlé d'un carton…

— Un carton ?

— Je suppose que c'est celui que Dorian avait chez lui, avec les affaires de Mauro Giannini dedans.

— On a examiné ce carton. Il contenait surtout des peintures, des photos… Pas de dossier, de papiers, rien…

— Vous avez défait les cadres ?

— Oui. Il n'y avait rien de dissimulé à l'intérieur. Bon, je retourne sur la scène de… enfin, là où on vous a tiré dessus. Voilà ma carte : appelez-moi quand vous avez des nouvelles. »

L'attente est longue, bien sûr. Casalès est sorti faire ses trucs de flic. Et moi, je compte les gens qui passent dans le couloir où Angela m'a installée, pas loin du distributeur de café. (« Je vous préviens, ils appellent ça officiellement du café, mais on est tous sceptiques sur l'origine de ce truc. ») J'essaie de penser à autre chose que son visage exsangue, son souffle quasi inexistant, et tout ce sang. Bordel ! Combien en a-t-il perdu ? Est-ce que j'ai assez appuyé sur le point de compression ? Je repense au gamin, « Ne vous inquiétez pas, madame ». Si c'était aussi simple, ô *ziteddu*, mais merci quand même.

Au bout d'un temps infini, une jeune femme blonde s'approche de moi. Elle a fait glisser son masque chirurgical sous son menton. Son regard bleu tranquille et son sourire franc font légèrement baisser ma tension.

« Madame Santucci ? »

On va dire ça comme ça.

« Je suis le docteur Marin. C'est moi qui ai opéré votre mari. Rassurez-vous, son état est stable. Il a perdu beaucoup de sang, mais nous l'avons transfusé à temps. Et il a eu beaucoup de chance : la balle n'a pas touché la moelle épinière : ses fonctions motrices sont intactes. Par contre elle a touché la rate. Elle était considérablement abîmée. Nous avons dû procéder à une splénectomie (devant mon air ahuri, elle sous-titre), une ablation de la rate. Il est maintenant en réanimation.

— Vous lui avez enlevé la rate ? On peut vivre sans rate ?

— Oui, tout à fait. Il sera plus sensible aux infections, et il faudra qu'il suive un traitement antibiotique pendant deux ans. Et refaire ses vaccins.

— Il va s'en sortir alors ?

— Oui. Nous le gardons en observation quelques jours. Une fois remis, il pourra rentrer chez vous.

— Je peux le voir ?

— Demain. Là, il est en salle de réveil. Il en a pour plusieurs heures. Quand on l'amènera dans sa chambre, on vous préviendra. Vous avez laissé votre numéro aux infirmières ? Rentrez chez vous, prenez un peu de repos, elles vous appelleront. »

Dans la cour de l'hôpital, je sors la carte d'Edgar Casalès, capitaine de police, et compose le numéro.

« Edgar, c'est Ghjulia.

— Comment va-t-il ?

— Il est stable mais il a perdu beaucoup de sang et on a dû lui enlever la rate. Apparemment, on vit très bien sans. Il est en salle de réveil. La toubib a l'air optimiste.

— Attendez. »

Je l'entends répéter quasiment mot pour mot ce que

je viens de lui dire. Au loin, j'entends quelques applaudissements et des exclamations discrètes, genre soulagées mais pas euphoriques.

« Vous avez trouvé quelque chose ?

— On a ratissé la zone et on a trouvé la balle. On aura les résultats de la balistique rapidement. C'est une priorité : on n'aime pas trop quand quelqu'un de chez nous se fait tirer dessus. »

J'aurais beaucoup à dire sur cette phrase en temps normal, mais là, je laisse courir.

« Le témoin, le jeune, a donné une bonne description de la moto, une japonaise blanche. Par contre, le conducteur et le passager, c'est plus flou. Ils portaient un casque intégral et tout l'équipement en cuir noir : pantalon, blouson, bottes. Harnachés comme des gens qui font beaucoup de route à moto. Il a eu l'impression que le tireur était plus grand que le conducteur, mais comme celui-ci était plié sur son guidon, il n'est pas très sûr.

— Les caméras de surveillance ? »

Nice est la ville la plus surveillée de France. Plus de mille yeux globuleux nous surveillent en permanence à chaque coin de rue. Cette débauche dont même Big Brother n'osait rêver n'a pas empêché une charogne dont le nom doit être tu à jamais d'effectuer des repérages avant de lancer son camion meurtrier sur une foule désarmée un soir de 14 juillet. Peut-être que pour localiser deux tueurs à moto, ce sera plus efficace.

« On a déjà demandé le visionnage à la police municipale.

— Vous avez une idée de qui a pu faire ça, Edgar ?

— Des gens qui en veulent à Jo, il y en a pas mal, à commencer par ceux qu'il a arrêtés… J'ai donné l'ordre de surveiller sa chambre 24 heures sur 24. Quand vous irez le voir, prenez une pièce d'identité. »

Je rentre chez moi aussi dignement que possible dans ma tunique en papier. Dan n'est pas là. J'aurais voulu lui raconter, lui dire ma trouille et mon chagrin, l'entendre me rassurer. Je m'installe dans mon lit. Pas de médocs ce soir, je veux pouvoir me réveiller immédiatement si l'hôpital appelle. Du coup, j'ai le temps de terminer le bouquin de Johnson. Et d'en prendre un autre. Je me concentre autant que possible pour m'immerger dans l'histoire et ne pas penser aux chambres d'hôpital. Il est presque 3 heures du matin. J'entends Dan entrer. Pas seul, apparemment. Je ne vais pas gâcher sa nuit. À la 112e page, il est 4 heures 30 et je décide d'éteindre. Il y a bien un moment où je vais lâcher prise…

7

Le coup de fil de l'hôpital est arrivé à 8 heures 30 du matin. À 10 heures, heure de début des visites, je suis devant la chambre 304. Je montre patte blanche à l'agent en faction, je toque à la porte et j'entre. Jo est allongé, le buste légèrement surélevé, des tuyaux plein les bras. Ses yeux s'entrouvrent quand je m'approche.

« *Hey Jo, where 're you goin' with that bullet in your body ?*

— Madame Santucci, *I presume ?* »

Plus de rate, mais un sens de la répartie intact.

« C'était plus simple de me présenter comme ça pour pouvoir te surveiller. Comment tu te sens ?

— Prêt à mettre une tôle à Usain Bolt.

— Hein ?

— Tu sais ce qu'on dit des dératés. »

Il sourit mais ce n'est pas très brillant.

« Putain, je ne me souviens de rien, Diou. J'ai juste senti un choc énorme et j'ai plongé tout de suite. Qu'est-ce qu'on faisait sur la Prom, d'ailleurs ?

— Rien, on parlait. »

Ses yeux se ferment. Les doigts de sa main percée d'un cathéter s'agitent. Je les attrape. On reste un moment sans bouger puis je me rends compte qu'il s'est endormi. Je me penche sur lui, un bécot juste pour dire *je suis là*.

Comme promis, j'appelle Casalès et lui laisse un message sur l'état de Jo.

*

Je passe au bureau. Il est presque 11 heures et, sur la place Saint-François, le marché au poisson déploie tout ce que la Méditerranée propose de meilleur. La fontaine ornée de quatre dauphins s'entoure d'une demi-douzaine d'étals aux toitures bleues et rouges à l'origine. Elles sont aujourd'hui recouvertes d'un bon centimètre de fiente de goéland. Postés sur les bâches, certains de ces énormes bestiaux se déplacent en se dandinant, leurs pattes palmées glissant sur la toile. D'autres restent immobiles, aux aguets. Les poissonniers, en dessous, font semblant de les ignorer. Parfois, un oiseau part en piqué pour attraper un des poissons exposés. S'ensuivent la gueulante du commerçant qui agonit l'oiseau d'injures et les rires des touristes postés tout autour, appareil photo dégainé, prêts à immortaliser l'instant. C'est un minicirque où hommes et animaux cohabitent dans une relation d'affaires : « Je fais le show, j'attire le chaland, tu me laisses bouffer un poisson de temps à autre sinon je déclenche une attaque groupée façon Hitchcock. »

À côté, il y a la voiture de l'inconscient qui s'est garé devant la Bourse du travail, pensant qu'il a trouvé LA place, et qui la récupère quelques heures plus tard conchiée de concert par les mouettes et les pigeons qui logent sur la façade du bâtiment ancestral. Et puis il y a la poissonnière, quatre-vingts ans au bas mot, ses cheveux retenus par deux barrettes de petite fille, accent niçois à couper au couteau, qui enjoint les « belles » à venir goûter son loup. Je ne sais pas si ça marche mais elle est là depuis toujours. Immuable, comme les oiseaux.

Le bureau est dans le même état que la dernière fois que j'y suis passée, c'est-à-dire le jour où j'ai rencontré Dorian. J'ouvre les vitres et les persiennes, le soleil ne tape pas encore de mon côté. J'allume l'ordinateur pour relever mes mails. Je refuse d'être connectée à la maison et donc je loupe quelques rendez-vous et propositions de boulot que l'on me fait par ce biais-là. Dans la messagerie, plus de cinquante mails en attente. Les trois quarts sont des spams (et si je changeais de fenêtre, de piscine ou de convention obsèques ?). J'ai une poignée de demandes de devis pour retrouver un chien, suivre un mari, espionner un salarié en congé maladie. Je réponds aux premiers avec une estimation large de mes frais : c'est tellement chiant comme boulot que j'en bâille d'avance. Quand au dernier, il va directement à la poubelle après que j'ai noté le nom de l'entreprise sur un coin de cahier. Et puis, il y a un CASTELLO67@YAHOO. FR. Il est presque en haut de la liste, envoyé hier à 22 heures 51, sans objet. Je m'apprête à le balancer aussi lorsque j'attrape au vol l'unique phrase du message : CHERCHEZ DU CÔTÉ DU CHANTIER. Quel chantier ? Celui du tramway ? Un rapport avec l'accident d'avant-hier ? Si je me souviens bien du reportage, un ouvrier a été blessé par un mur de béton qui a glissé. Je fais une recherche sur internet. Notre unique quotidien local s'est contenté d'une brève (ACCIDENT SUR LE CHANTIER DU TRAMWAY : UN BLESSÉ GRAVE), contenant moins d'infos que les infos de la télé. Par acquis de conscience, je réponds au mail : QUI ÊTES-VOUS ? J'aime bien savoir à qui je parle.

Mon portable sonne. C'est Casalès.

« Merci de m'avoir appelé pour me donner des nouvelles, madame Boccanera. J'allais le faire, d'ailleurs, parce que j'ai besoin de vous parler. Je voudrais qu'on refasse ensemble, s'il vous plaît, votre trajet d'hier avec Jo. »

On se rejoint sur le cours Saleya. Rien n'a bougé : la moto de Jo est toujours attachée à un lampadaire et Casalès ressemble toujours à un rond-de-cuir des années cinquante. Aujourd'hui, comble d'excentricité, il porte un costume bleu marine.

Nous traversons l'arche des Ponchettes pour rejoindre la Promenade et nous diriger vers le monument aux morts. Il reste silencieux, plongé dans ses pensées, et moi, j'essaie de chasser les nuages qui s'amoncellent dans ma tête au fur et à mesure que l'on approche du point d'impact.

« On peut reprendre vos gestes à partir de là ? »

Sans rien dire, je le positionne sur ma gauche et m'approche de lui jusqu'à ce que nos épaules se touchent. Il est plus petit que Jo. Je ne pose pas mes doigts sur ses lèvres mais le fais bouger doucement pour nous rapprocher de la mer. Je lui parle des feux synchronisés. J'attends trois secondes. Et bang.

« Il est tombé là.

— Oui. On a trouvé la balle dans le muret là-bas. » Il pivote sur lui-même. « On a reconstitué la trajectoire et on en a conclu que le tireur se trouvait à peu près là. »

Il m'entraîne en rebroussant chemin quelques mètres en arrière et me désigne une zone de la chaussée où circule une file ininterrompue de bagnoles.

« D'accord. Et ? »

Casalès ne répond pas. Il lève la tête pour fixer les pins parasols accrochés à la colline du Château en surplomb.

« Jo a des ennemis. Des gens qu'il a arrêtés et qui ont fait de la prison à cause de lui. Des dealers, des truands, des hommes du milieu… Eux, leurs familles, leurs amis… Ça fait du monde. Oui, ça fait du monde. Conséquemment… »

Il s'arrête à nouveau et passe la main dans ses cheveux (sa raie sur le côté ne bouge pas d'un poil).

« Conséquemment, je ne m'explique pas que Jo soit encore en vie.

— Pardon ?

— Vous voyez, madame Boccanera, ces gens-là ratent rarement une exécution. Lorsque cela se passe à moto, le conducteur s'arrête au plus près de la victime pour que le passager lui loge quelques balles, dans la tête en général. Il se peut qu'il doive mettre pied à terre pour être sûr de ne pas rater sa cible. Pan, pan, pan. Il remonte en selle et ils disparaissent. Ça prend une poignée de secondes. Il y a un effet de sidération et le temps que le monde se remette en marche, ils sont déjà loin, le devoir accompli, si je puis dire. Ce que je ne comprends pas, c'est que, arrivant par-derrière, dans une zone plutôt dégagée puisqu'il n'y avait pas de voitures à ce moment-là, il n'ait pas pris le temps de vérifier que Jo était mort. Le tueur a tiré de relativement loin et ils sont partis immédiatement.

— Des amateurs ?

— Des amateurs, oui…

— Vous devez donc chercher des gens qui ne font pas partie du milieu…

— Sans doute. Dans ces affaires, on cherche aussi du côté de la vie privée. Mais dans le cas de Jo, j'ai des doutes. Alors j'ai pensé à autre chose. Vous voyez la bouche d'égout sur la chaussée ? »

Je regarde la partie de bitume qu'il pointe du doigt. Il y a effectivement une plaque ronde qui forme un petit creux : à peine deux ou trois centimètres.

« Vous voyez le mouvement des véhicules lorsqu'ils roulent dessus ? »

Je remarque un léger cahot.

« Imaginez maintenant une moto, moins lourde qu'une voiture, même avec deux passagers. Imaginez le tireur qui vise et la moto qui, juste à ce moment-là, roule sur la plaque.

— Le tir est dévié ?

— Le tir est dévié, oui. »

Il commence à me gonfler avec sa façon de répéter ce que je dis. Ça doit se voir sur mon visage parce qu'il enchaîne.

« Le tir est dévié parce que la cible n'était sans doute pas Jo. »

Une sorte de liquide froid coule depuis ma nuque le long de ma colonne vertébrale. Casalès me regarde avec intensité. Je mets un peu de temps à me reprendre.

« Moi ?

— Oui. Il y a une forte probabilité pour que ce soit vous qui étiez visée hier. »

Je m'assois, ou plutôt je laisse tomber mes fesses sur le parapet. Casalès m'attrape par le bras, comme s'il avait peur que je ne bascule sur les rochers en contrebas.

« Ça vous paraît incroyable ? Moi pas, compte tenu du fait que vous avez été agressée il y a quelques jours… Je crois qu'il faut considérer que quelqu'un vous en veut. Jo m'a dit que vous enquêtiez sur le meurtre des homosexuels. Il faut peut-être creuser de ce côté. »

Je mets du temps à réaliser qu'il parle de Mauro et Dorian. Ils me sont devenus tellement familiers.

« Il va falloir que vous me donniez des informations, madame Bocccanera. J'ai besoin de tout ce que vous savez.

— Je vais vous dire tout ce que j'ai raconté à Jo. »

Mais pas plus.

Je n'avais pas prévu de me retrouver au poste aujourd'hui. J'y étais déjà passée lorsque Jo n'était que capitaine. C'était exigu, triste et sale, et ça l'est toujours. Je passe une heure avec Casalès pour faire le point avec lui. J'ai beau savoir que je suis la victime dans cette histoire, ça me fait un drôle d'effet d'être entendue dans un bureau de flic.

L'entretien est serré : Casalès sait poser des questions sans en avoir l'air. Mais j'ai tellement de mal à voir où je vais que je reste floue la plupart du temps. Je parle de ma rencontre avec Dorian puis de son assassinat, de mes doutes sur l'hypothèse d'une rencontre qui aurait mal tourné.

« Vous pensez que le meurtre de Dorian et celui de Mauro Giannini ne sont pas liés ? Que ça n'a rien à voir avec leur homosexualité ?

— Je n'ai pas dit ça. Il y a tellement de gens qui les détestent en général. À commencer par Sébastien Lasalle, le frère de Dorian. C'est un jeune type qui m'a l'air paumé, mais qui en veut à son frère d'avoir préféré les garçons. En plus, je pense qu'il évolue dans la mouvance identitaire. Je ne sais pas si Jo a cherché de ce côté-là. En même temps, un identitaire et un ancien flic syrien, quel est le rapport… ?

— Oui, c'est moi qui devais regarder du côté du frère : je n'ai pas encore eu le temps. »

Soudain, je me souviens d'un truc que Dorian m'a raconté lorsqu'il est venu me voir.

« Mauro Giannini a eu sa voiture vandalisée. On a bombé des trucs sympas sur les portières, genre “pédé” et “enculé”, enfin ce genre de folklore. Il a dû déposer plainte, non ? Vous devez avoir une trace. »

Casalès se penche pour tapoter sur son clavier. Il lit à haute voix le résultat de sa recherche.

« Oui, effectivement. C’était il y a un mois environ. Il était allé à un… vernissage, rue de la Buffa. Lorsqu’il a récupéré sa voiture garée dans cette même rue, il a constaté le vandalisme. Il était 23 heures 30 environ. Il nous a fourni des photos… »

Il tourne l’écran vers moi. On avait choisi du jaune pour que cela se détache bien sur la peinture noire de la berline. Le ou les courageux poètes anonymes se sont aussi lancés dans l’art pictural et ont agrémenté leurs insultes de bites de tailles et de formes diverses.

« Comme l’orientation sexuelle de monsieur Giannini n’était pas inscrite sur sa voiture, enfin, avant l’intervention de l’artiste de rue, je suppose que celui qui a fait ça l’a ciblé en toute connaissance de cause. Vous avez cherché qui pouvait le savoir et lui en vouloir ?

— C’était une main courante. »

Donc pas d’enquête. Casalès retourne son écran, écrit deux trucs sur son cahier. Puis me regarde d’un air interrogateur, du genre « Rien à rajouter ? » L’entretien est terminé : j’ai réussi à lui dire tout ce qu’il a besoin de savoir et à taire ce que je voulais garder pour moi.

« Edgar… Ne dites rien à Jo à propos du changement de cible. Ce n'est pas la peine de l'inquiéter.

— Vous savez, madame Boccanera, dès que le commandant Santucci aura récupéré ses facultés, il en arrivera à la même conclusion que moi.

— Laissons-le dans le gaz encore un moment. »

Je pars de l'avenue du maréchal Foch pour rentrer chez moi. Je commence à en avoir marre de tout faire à pied. Mais ma Vespa est chez Mo, et Mo a disparu. Par acquis de conscience, je pousse jusqu'à son garage. Le volet de fer ne semble pas avoir bougé. Je cogne comme la dernière fois et me recule pour attendre les invectives du voisin du premier étage.

« Oh ! C'est encore vous ? Vous ne seriez pas apparentée au regretté casse-couilles, par hasard ?

— C'est un cousin par alliance. Pas de trace de Mohamed et sa famille ?

— Eh non, rien n'a bougé. Et si vous attendez après un vélo, vous avez intérêt à investir dans l'abonnement de bus, parce qu'à mon avis vous êtes pas prête de le revoir. Adieu. »

Et il claque sa fenêtre.

*

Aux Travailleurs, le service est fini, Nathalie et Esme sont en plein repas. Quand je passe la tête par la porte, elles m'appellent à grands gestes.

« Dis, c'est vrai ce que nous a dit Colette, que tu t'es fait agresser ? »

Je m'installe à leur table parce que je sais que j'aurais du mal à y couper. J'essaie de faire court mais toutes les deux se relaient pour obtenir des détails. Mes réponses leur arrachent les « Ô punaise / malheur / purée », qui ponctuent les conversations d'ici, définissant différents niveaux de surprise et d'ébahissement et dont la signification profonde se retrouve dans l'incontournable « Uuuuuuuuuuuuuuuuh ! », syllabe étirée jusqu'à plus soif et qui résume tout.

« Mais c'était qui, ce gars ?

— On ne sait pas, un Syrien.

— Un Syrien ? Comme Mohamed le garagiste ? Il y a un rapport, tu crois ?

— Je ne sais pas.

— Mohamed ? Oh, Esme, tu rigoles ? Gentil comme il est !

— Gentil, oui, Nath, mais on le connaît pas, on sait pas son histoire. Et des Syriens, tu en connais combien, toi ?

— J'en sais rien, mais je ne veux pas juger avant de savoir.

— Je ne juge pas, mais je trouve que c'est bizarre comme coïncidence, non ? »

Sans le savoir, elles incarnent à elles deux toutes mes interrogations.

« Et c'est le vieux Bertolino qui t'a sauvée ? Il paraît qu'il lui a explosé la tête à coups de marteau !

— Uuuuuuuuuuuuuh, quelle histoire, ma pauvre !

— Oui, et je voudrais bien qu'elle se termine, ça commence à être pénible (je ne leur parle pas de Jo, pas la peine d'alimenter le moulin). Bon, je rentre, faites une bise à Colette de ma part. »

Elles me laissent partir avec force « Repose-toi », « Fais attention » et « Mets de la crème au calendula sur ta gorge, tu vas voir, ça marche super bien ».

*

À la maison, Dan a l'air d'émerger d'une belle nuit. Il a un sourire éclatant quand j'entre dans la cuisine. Attablé sur le balcon, il me montre le paquet gras devant lui.

« Socca, tu en veux ? »

Comment résister ? Il est allé la chercher chez l'un des rares fabricants digne de ce nom, rue Bonaparte. Comme c'est la spécialité niçoise avec le pan bagnat et la pissaladière, n'importe quel gougnaffier s'improvise marchand de socca pour touristes et te vend un truc épais et sec comme de la moquette. Celle-là est fine et à peine croustillante, poivrée et huileuse à souhait. Je me lèche les doigts après la première bouchée. Dan a l'air si bien que j'ai du mal à lui annoncer la nouvelle.

« Jo s'est fait tirer dessus hier soir. »

Le morceau de socca s'arrête à mi-chemin de sa bouche puis tombe avec un schploc graisseux sur le papier.

« Quoi ? »

Je résume l'épisode d'hier et je donne les nouvelles du matin. Et je m'arrête juste avant l'hypothèse de Casalès. Je n'ai pas envie non plus de l'inquiéter. À ce stade-là, je m'aperçois que je partage un secret vital avec un parfait inconnu aux costumes ringards au détriment des deux hommes de ma vie. C'est un peu con, mais c'est comme ça.

« Qui s'occupe de lui à l'hosto ?

— Il a été opéré par le docteur Marin.

— Connais pas. Je vais dire à Thomas de passer jeter un œil. »

Il se lève, prend une bouteille de rosé au frigo et une autre d'eau pétillante.

« Bois un coup, la socca, ça donne soif. »

Et il s'engloutit une généreuse rasade de vin.

« Qu'est-ce qui se passe, Diou ? Toute cette violence depuis quoi, une semaine ? On a essayé de te tuer, on tire sur Jo… C'est relié aux meurtres de Dorian et son compagnon, tu crois ? Je suis désolé. Quand Dorian m'a demandé conseil et que je l'ai orienté vers toi, je n'imaginais pas tout ça… » Il s'arrête.

« Bien sûr, qui aurait pu imaginer, Dan ?

— Mais est-ce que tu y comprends quelque chose ?

— Non. Mon cerveau tourne à vide et me laisse avec des zones blanches, alors que j'ai des informations par-dessus la tête… Pff, j'ai même reçu un mail anonyme me demandant d'enquêter sur l'accident du chantier.

— Le type blessé ? Quel rapport avec Dorian ?

— Avec lui, aucun, mais souviens-toi que Mauro Giannini était ingénieur chez Rafaelo.

— Oui, enfin, ils ne devaient pas se croiser souvent… L'un avec son marteau-piqueur sur le chantier, l'autre dans ses bureaux.

— Je suppose que Mauro Giannini devait passer de temps en temps sur le terrain. Ils se sont peut-être rencontrés. Effectivement, le lien est faible. Mais je n'ai pas beaucoup d'autres pistes. »

Pendant que Dan fait un sort à la bouteille de rosé, je sors mon portable. Je ne connais qu'une personne qui peut me donner un coup de main là-dessus.

« Allô, Shérif ? C'est Ghjulia.

— Salut, *bella*, toujours aussi gauchiste ?

— Et toi, toujours aussi stal ? »

Les salutations étant posées, on peut passer à l'essentiel.

« Je t'appelle à propos de l'accident qui est arrivé sur le chantier du tramway. Tu es au courant du truc ?

— Bien sûr ! Le pauvre gars, il a eu les deux jambes broyées.

— Tu as des détails sur les circonstances ?

— Quelques-uns. Le comité hygiène et sécurité de l'entreprise a fait appel à moi pour déterminer les causes de l'accident.

— Je peux te voler une petite heure de ton temps pour que tu m'en parles ?

— Tu peux me voler ce que tu veux, tu sais bien. Je suis à la permanence lundi matin. »

Shérif est inspecteur du travail. Avant, il était maçon. Un excellent maçon même, salué par tous ses patrons («Avec toi, Shérif, on peut pas dire que c'est du travail d'Arabe, hein ! »). Jusqu'au moment où il a vu un contremaître détourner du matériel et faire porter le chapeau à un jeune manœuvre incapable de se défendre. Il a essayé la voie légale et hiérarchique pour faire établir la vérité et le patron l'a gentiment renvoyé à ses truelles, sous le regard moqueur du chef de chantier. Alors, un jour, il a crevé les pneus de la camionnette du gars, utilisé une pince coupante pour ouvrir les portes et exhibé les outils et les sacs contenus dans le coffre. Au passage, il lui a consciencieusement explosé le nez d'un coup de boule. Résultat, le contremaître a été suspendu, et Shérif licencié. Il est allé frapper à la porte du syndicat qu'il voyait tracter régulièrement aux heures d'embauche. (« Je voulais y aller plus tôt, mais tu sais quoi, je ne savais ni lire ni écrire. Sur un chantier, ça passe, mais en face de mecs qui savent faire des discours… ») Un gars intelligent, jeune et déterminé… Shérif est rapidement devenu porte-parole, aussi à l'aise un mégaphone à la main que dans une AG ou en négociations. En passant par le circuit des formations syndicales, il a appris à écrire – bien et juste. Et lorsqu'il a réussi le concours de l'inspection du travail, il est devenu la bête noire de tous les employeurs du coin. Je me souviens d'un pique-nique où il avait disparu pendant une heure, histoire de vérifier si les agents qui refaisaient la route en contrebas étaient en règle pour bosser un dimanche. À quelques années de la retraite, il continue à tenir une permanence dans le même syndicat et à se déplacer sur le terrain. (« Le code du travail, c'est la seule protection des petits, de ceux à qui on marche sur la tête au quotidien. S'il n'y a personne pour le faire respecter, on est foutus. ») S'il y a un loup sur le chantier, Shérif le débusquera.

*

Je récupère une toute petite heure de ma courte nuit. À peine le temps d'avaler une tasse de café, Colette m'appelle.

« Les filles m'ont dit que tu étais passée. Ça va ?

— Oui, ça va.

— Dis, tu ne voudrais pas venir me voir ? J'ai quelque chose à te montrer. »

Le ton léger qu'elle emploie lui ressemble, mais si elle me demande de passer, ce doit être sérieux.

Lorsque j'arrive au bar, Colette est occupée à nettoyer son comptoir tout en contrôlant d'un œil sévère la progression du filet de morve du gars un peu simplet qui vient régulièrement s'arsouiller chez elle.

« Oh Dominique, fais attention, que bientôt ça te tombe dans le Casa. Je sais bien que ça a la même couleur, m'enfin, c'est pas une raison. Mouche-toi un peu, va ! »

En me voyant arriver, elle me tend les clés de chez elle sans rien dire.

Lorsque je pousse la porte de l'appartement, je suis accueillie par l'habituelle compagnie à poils qui ronronne et se presse entre mes jambes. Côté fenêtre, Louise lève la truffe en signe de reconnaissance. Côté table, quatre paires d'yeux bruns inquiets me dévisagent. Les plus petits se plissent soudain de joie.

« Djouliha ! »

Élias et Reem se précipitent dans mes bras. Derrière eux, leurs parents me regardent, entre embarras et soulagement.

« Bonjour Djouliha, murmure Mo, tandis que Zeinah me sourit.

— Vous êtes là ? »

La question la plus con du monde vient de sortir spontanément de ma bouche.

« Tu veux un café ? »

Bien sûr. Sans sucre mais avec une bonne dose d'explications. Mohamed se lève pour attraper la cafetière, je m'installe en face de Zeinah, les deux enfants grimpent sur mes genoux.

« On va t'expliquer. Mais d'abord… »

D'une voix douce, elle s'adresse en arabe aux petits qui se mettent à faire la moue. Reem se rebiffe en arguant que « Les adultes, vous parlez tout le temps entre vous » et Élias ponctue d'un « Ouais » grognon. Leur mère continue tranquillement et les enfants se laissent couler de mes genoux, vivantes figures de l'affliction et du désespoir. En atteignant la porte de la chambre, la petite fille se retourne et lance :

« Viens Élias, de toute façon, ici, y a *degun* qui s'intéresse à nous. »

Sur ce magnifique exemple de rébellion nissarte, elle claque la porte.

Zeinah me sourit.

« On va parler bas, parce que je pense qu'elle a l'oreille contre la porte. »

Mo me sert un café à réveiller les morts, expression particulièrement adaptée à la situation. Il s'installe à côté de Zeinah. Il hésite longuement, puis se lance.

« Il y a quelques jours, c'est un peu après ta visite au garage, je vois un homme dans la rue. » Mohamed soupire. « Cet homme, je le connais d'avant. Il est d'Homs comme nous, du même quartier. Mais c'est un policier. Un policier de Bachar. Je crois que je… En le voyant, je deviens fou. »

Il s'interrompt et Zeinah prend le relais.

« Tu sais, Djouliha, cet homme, c'est un homme mauvais. Chez nous, tout le monde le connaît et tout le monde a peur de lui. Il pouvait t'arrêter, comme ça, sans raison. Un jour, il a arrêté Mohamed… »

Dans sa bouche, le prénom de son mari est tout doux, la dernière syllabe disparaît presque dans sa respiration.

« Montre-lui. »

Mo pose sa tasse et fait glisser son T-shirt par-dessus sa tête. Son torse est couturé de longues cicatrices roses. Il se tourne pour montrer son dos. Même spectacle.

« Il a fouetté Mohamed. Pendant deux jours. On est partis après ça. »

Mo remet son vêtement, écrase ses yeux du pouce et de l'index.

« Mohamed m'a appelée à la maison : il avait très peur. Moi, j'ai appelé Colette, c'est une personne gentille. Je lui ai demandé si elle connaissait un endroit pour nous, parce qu'on ne voulait pas rester à la maison, il pouvait nous trouver. Elle a dit de venir chez elle. Nous sommes allés chercher les enfants à l'école.

— C'est un cauchemar. S'il est ici, ça veut dire qu'il me cherche. Colette nous cache maintenant, mais il faut qu'on parte plus loin. Je ne sais pas où, mais nous devons partir.

— Mo, cet homme est soupçonné d'avoir tué deux hommes à Nice.

— Deux hommes ici. Mais à Homs, beaucoup plus, beaucoup plus…

— Il les aurait étranglés.

— Étranglés ? Oui, bien sûr, il fait ça avec sa ceinture. Non pas une ceinture, plus petit, plus fin. »

Il cherche Zeinah des yeux.

« Une lanière ?

— Oui. Il la porte tout le temps autour du bras. »

Il s'arrête, cherche ses mots. Il vrille ses yeux sur ceux de sa femme pour ne plus les lâcher.

« Dans la prison, quand il m'arrête et qu'il me fouette… Il tue quelqu'un devant moi comme ça, avec sa lanière. Un jeune homme, je ne le connais pas. Il l'étrangle en souriant. »

Je sors mon portable et affiche la photo de Rafiq El-Haddad.

« C'est lui ? »

Les deux têtes se penchent et scrutent. Puis les yeux de Mo se relèvent et se plantent dans les miens.

« Il est mort ?

— Oui, il est mort. Totalement mort. »

Il se lève, fait quelques pas vers la fenêtre et pose les mains sur sa tête. Zeinah le rejoint et l'enlace. Je jette un coup d'œil du côté de la porte de la chambre qui s'est entrouverte. Une petite main me fait signe d'avancer. Reem et Élias se sont installés par terre au milieu de feutres éparpillés.

« Regarde, on t'a fait un dessin : c'est le port, avec les bateaux.

— Mais comment savez-vous que c'est mon endroit préféré ? Vous avez des superpouvoirs ? »

Reem et Élias pouffent et se roulent par terre de plaisir en hurlant : « Superpouvoir ! » Les deux petits imaginent alors tout ce qu'ils pourraient faire s'ils étaient un peu plus qu'humains. Quand je pense avoir laissé suffisamment de temps à Mo et Zeinah pour se dire des choses essentielles, je retourne dans la pièce principale. Ils se séparent, les yeux rougis, et nous nous rasseyons autour de la table.

« Je ne comprends pas ce qu'il faisait à Nice. Il nous a suivis ?

— Non, je ne pense pas. En fait, il est déjà venu ici il y a quelques années pour des raisons professionnelles et il a dû nouer des contacts. Et vous, par où êtes-vous arrivés lorsque vous avez fui la Syrie ? Par Vintimille ?

— Oui. Nous sommes restés deux mois dans ce centre en Italie. Là, on nous a aidés. Nous sommes passés par la montagne. On nous a hébergés quelque temps dans un village. On nous a aidés à faire les papiers. Et puis, quelqu'un nous a parlé du garage à Nice… »

Je connais ce village qui ouvre la vallée des Merveilles. Je sais qu'il y a toute une humanité prête à se bouger pour sortir les damnés de la terre de leur destin. Mo et Zeinah ont eu de la chance de tomber sur eux. Et de pouvoir s'établir à Nice pour refaire leur vie. Jusqu'à cette sale coïncidence qui a envoyé leur bourreau dans la même ville qu'eux, grâce aux contacts qu'il a dû y nouer lors de son échange culturel avec la police d'ici.

« Mo, juste pour savoir… Hier, vers 17 heures 30, tu étais où ?

— Ici, Djouliha. On ne bouge pas depuis que Colette nous accueille.

— On a joué au tennis ! » Reem sourit de toutes ses dents.

« Au tennis ?

— Oui, regarde. »

Elle se dirige vers la télé, l'allume ainsi que le boîtier au-dessous et sort deux manettes de jeu. Après quelques réglages, elle fait apparaître un court de tennis et deux personnages qui semblent flotter au-dessus du sol, raquette à la main.

« À droite, c'est papa, à gauche, c'est moi. J'ai mis du temps, mais c'est moi qui ai gagné hier ! C'est Colette qui l'a amené pour nous.

— Djouliha, regarde, ici c'est l'heure et la date de la dernière connexion, 5:14. »

Une partie de tennis virtuelle avec quatre chats, un chien et deux oiseaux pour témoins. Faudra faire avec.

« Zeinah ? Est-ce que tu as eu le temps de regarder les documents que j'ai donnés à Mo ?

— Je suis désolée, Djouliha, quand je pars de l'atelier, je ne prends pas les papiers. Ils sont toujours là-bas. Maintenant qu'il est mort, on rentre à la maison, j'ouvre l'atelier et je donne les documents à Zeinah.

— Quels documents, Mohamed ? »

Mo lui fait ce que je suppose être un résumé de notre conversation en arabe.

« Ah, d'accord. Si c'est de la géologie, je peux peut-être t'aider. Ça me fera plaisir. Tu veux un autre café ? »

C'est compliqué de dire non à la douceur de Zeinah, mais je sens mon cœur à deux battements de la crise de tachycardie. J'embrasse les enfants, les parents, les animaux et je descends voir Colette.

Elle est toujours derrière son comptoir, son chiffon à la main. Elle lève la tête lorsque j'entre.

« Alors ?

— Alors, j'ai l'impression que je vais bientôt récupérer ma Vespa.

— Tu comprends, ils étaient terrorisés, ils m'ont demandé de ne rien dire. Mais quand Esme et Nath m'ont parlé du Syrien qui t'a agressée…

— On a éclairci la situation. Ils vont d'ailleurs pouvoir rentrer chez eux.

— Ah ? Dommage, les petits, c'est des amours. Mais c'est bien qu'ils reprennent une vie normale. Tu rentres chez toi ? Tu me rends les clés ? »

Elle me serre dans ses bras par-dessus le zinc et je file à la maison. De loin, Ferdi me salue, le pouce en l'air. RAS, je peux rentrer chez moi.

Elle rentre chez elle. Elle se sent épuisée. Ces derniers temps ont été… Ne pas y penser. La clé dans la serrure, la clé dans le vide-poches vide. Tout est impeccable, comme d'habitude. Elle enlève ses chaussures qu'elle range délicatement dans le placard de l'entrée. Elle perd sept centimètres de hauteur mais retrouve avec bonheur la fraîcheur du carrelage sur lequel elle déploie ses orteils boudinés par dix heures d'escarpins à semelle rouge. Zut, le vernis s'est écaillé sur un ongle ! Dire qu'elle a payé pour une pédicure semi-permanente. Elle ira se plaindre auprès de cette nulle d'esthéticienne. Elle déteste qu'on la prenne pour une idiote. Quand elle paie pour de la qualité, elle veut de la qualité. D'ailleurs, de quoi a-t-elle envie en ce moment ? Jus vitaminé ? Smoothie ? En fait, elle a désespérément besoin d'un shot de vodka. Elle se dirige vers sa cuisine américaine avec le sublime plan de travail en granit qui fait sa fierté. Elle a mis du temps à le choisir, mais elle a trouvé le plus élégant. Elle allume l'interrupteur. Rien, les spots encastrés au-dessus du plan de travail ont grillé. Re-zut ! Noter d'appeler l'électricien demain. Elle sort une bouteille du frigo et en laisse la porte ouverte pour avoir un peu de lumière. Un petit verre, vite avalé. Un autre, même trajet. Elle fera deux, non quatre, kilomètres de plus sur le tapis tout à l'heure.

La vodka, c'est très calorique, c'est bien connu. Soudain, elle se fige. Elle n'est pas seule dans la pièce. Elle le sent. Elle ouvre un tiroir et empoigne un couteau. « Qui est là ? » Sa voix qui est montée dans les aigus se casse sur la dernière syllabe. Un rire monte depuis le canapé plongé dans la pénombre au fond de la pièce. « C'est moi, ne t'inquiète pas. » La silhouette se redresse et s'approche. « Tu m'as fait peur. » Elle n'ajoute pas, « Tu me fais peur tout le temps », ce n'est pas la peine de jeter de l'huile sur le feu. Un petit rire de nouveau. « J'en prendrais bien un, moi aussi. » Elle hésite, pose le couteau sur le plan de travail puis se détourne pour ouvrir son placard et attraper un autre verre. C'est son dernier geste conscient. Quelque chose de très lourd la cogne violemment à l'arrière de la tête. Elle s'écroule en gémissant. Mais ça, elle ne le sait pas. En tombant, son visage heurte la porte ouverte du frigo, éclatant l'injection de silicone de ses lèvres et dispersant le produit jusque sous ses narines. Elle ne peut pas s'en émouvoir. Elle ne réalise pas non plus que les coups se mettent à pleuvoir sur son crâne. Jusqu'à le réduire en bouillie. Une espèce de mélasse rouge sombre. Il y a des projections de sang et de cervelle partout sur son mobilier si propre. La bouteille s'est brisée par terre à côté d'elle. La vodka se mélange au sang. C'est le bordel dans sa cuisine américaine. Mais elle s'en fout, elle est morte.

8

La nuit a été longue. Avec Jo à l'hosto, je m'interdis le moindre truc qui m'assomme. Et sans médicaments, c'est définitif, j'ai du mal à dormir. J'ai donc beaucoup lu, puis pensé – pas mal aussi –, puis relu parce que penser ne m'aidait pas, loin de là. La nuit, toutes mes angoisses prennent corps. Elles sont tellement réelles qu'elles me coupent le souffle et me font me planquer sous ma couette comme lorsque j'étais môme. Mais à mon âge, les monstres ne se cachent plus sous mon lit : ils sont en embuscade quelque part sur une connexion neuronale. Je suis allée boire puis faire pipi, puis reboire. Quand finalement j'ouvre un œil, il est presque 9 heures. Que faire ? Comme disait Lénine. Courir, répond Boccanera. Je ne vois que ça pour me remettre les idées en place et évacuer mes angoisses. Mais est-ce bien raisonnable d'aller suer sang et eau sur un bout de trottoir quand quelqu'un a déjà essayé de vous buter par deux fois ?

Plus sagement, je prends la direction de l'hôpital. Devant la chambre 304, l'agent en faction me salue. Jo est toujours très pâle. Je caresse sa joue du dos de la main, ça râpe.

« *Comu ti senti ?*

— *Va be*. J'ai juste un peu mal quand je rigole. Ça tombe bien : ici, je n'ai pas l'occasion de rire souvent. Casalès est passé me voir.

— Ça ne m'étonne pas que tu n'aies pas beaucoup rigolé.

— Effectivement, il n'est pas drôle, mais il est efficace. Il m'a raconté ce qui s'est passé.

— C'est-à-dire ?

— Les deux motards qui m'ont suivi, le coup de feu à Rauba Capeù. Il y a un gamin qui s'est porté à mon secours, non ?

— Oui.

— Putain, Diou, tu étais à côté de moi. Tu aurais pu être touchée. »

Oui c'est dingue, non ?

« Tu sais, je me souviens de ce que je voulais te dire à propos du carton.

— Du carton ?

— Des affaires de Mauro que Dorian est allé chercher. Il devait être gros.

— Tu parles toujours du carton, là ?

— Oui. Pour contenir des œuvres encadrées, il devait être encombrant. Tu imagines : tu y mets des cadres de tailles différentes, ça dépasse, il n'y a pas de couvercle…

— D'accord. C'est important ?

— Comment il a fait pour le trimballer sur son scooter ? Je veux dire, tu peux coincer un paquet entre tes jambes, j'ai même transporté une valise sur ta Vespa un jour. Mais un truc aussi imposant, qui peut se déchirer, se renverser ou perdre son chargement, c'est hyper casse-gueule. C'est pas pratique, et c'est même dangereux. Ça ne colle pas avec l'image de sérieux que je me fais de Dorian.

— Si tu veux. Mais le carton était bien chez lui...

— Oui. Donc soit il a vraiment joué les casse-cou...

— ... soit quelqu'un lui a filé un coup de main. Tu en as discuté avec Casalès ?

— Non, ça vient juste de me revenir.

— Tu ferais peut-être bien de lui en toucher un mot. Mais un peu plus tard, parce que je crois qu'il faut que tu te reposes, là. »

Son visage s'est creusé sous l'effet de la douleur. Évidemment, il ne dit rien, pas la moindre plainte ou le moindre petit gémissement. C'est un homme, que dis-je, c'est un Corse, et malgré son intelligence, son sens de l'humour et du progrès social, ce bonhomme-là est rattrapé par quelques siècles de traditions mortifères qui empêchent tout insulaire de dire « J'ai mal ». On subit, on endure, on combat, mais on ne perd pas la face en avouant qu'on déguste sérieux. Même lorsqu'on vient de se faire tirer dessus et enlever la rate.

Je sonne l'infirmière qui n'est pas Angela. Elle vérifie les niveaux, les constantes et l'heure à sa montre. Apparemment, c'est le moment des calmants et elle accroche une nouvelle perfusion que Jo regarde avec soulagement. Les paradis artificiels, c'est quand même pas mal, hein ?

Comme je hais les dimanches, de retour à la maison, je me réfugie pour le reste de la journée dans les bras de mon canapé, auprès de Dalva qui m'emmène dans son ranch du Nebraska.

9

Le lendemain, je retrouve Shérif à la permanence syndicale, en train d'engloutir un sandwich. Il m'accueille en me faisant signe de débarrasser une chaise en face de lui. Ça me laisse le temps d'observer le petit local où règne un joyeux foutoir composé de dossiers pleins à craquer, de plusieurs tasses au fond tapissé de traces préhistoriques de café et d'affiches appelant à des manifs du 1er mai. Certaines sont signées Charb et Wolinski.

Il se désincarcère péniblement de derrière son bureau (la bedaine de Shérif est aussi célèbre que sa ténacité) pour venir me claquer la bise.

« Alors, tu t'intéresses aux chantiers, maintenant ?

— Par la force des choses… L'accident, tu peux me raconter ?

— Ça s'est passé au niveau du début du tunnel. Une partie d'un mur de soutènement s'est détaché. Du coup, toute la terre derrière a suivi et un des gars qui étaient là a été enseveli. Il a eu les deux jambes broyées.

— Ça se détache comme ça, un mur de soutènement ?

— Non, à moins qu'il ait été mal conçu ou qu'on n'ait pas pris en compte tous les éléments géotechniques... Pour l'instant, l'entreprise parle d'une erreur humaine. Ça les arrange, tu imagines bien : tu peux faire porter le chapeau à un lampiste sans questionner l'organisation du boulot. Classique, mais je vais creuser.

— Le chef de chantier, il en dit quoi ?

— À ce niveau, je tape du côté du conducteur de travaux qui est l'étage au-dessus du chef de chantier. Et sur cette portion, il y en a deux. On se connaît bien, nous trois, ça fait des années que je surveille leurs conneries. Le premier, c'est Jean Prada. Lui, il est con à vouloir détourner un métro, ou un tramway si tu préfères. Il fait où on lui dit de faire et regarde toujours de l'autre côté quand il y a un problème. Le second, c'est Richard Barbon, mauvais comme la gale. En général, il fait la chasse à tout ce qui ressemble de près ou de loin à un syndicat ou un organisme de contrôle.

— Et l'orage d'avant-hier ? Il aurait pu causer un glissement en ravinant la terre, non ?

— Oui, c'est possible, il était vraiment violent...

— Alors, pour toi, c'est quoi ? Un défaut de sécurité ?

— Je n'en suis qu'au début.

— Tu n'aurais pas besoin d'une assistante efficace, discrète et sympathique pour t'aider dans ton investigation ?

— Ça va être compliqué, ma belle. Si je ne respecte pas la procédure à la lettre, on risque de casser mes conclusions.

— Écoute, j'enquête sur deux meurtres : l'un était ingénieur chez Rafaelo, l'autre, son compagnon. Le seul élément un peu tangible est un mail anonyme qui me conseille de regarder du côté du chantier. J'ai vraiment besoin d'aller voir sur place. Je t'accompagne sur une visite, je n'interférerai pas dans ton boulot, promis : il faut juste que je me rende compte par moi-même. En échange, je pense que j'ai quelque chose qui peut t'intéresser. Je suis tombée sur des tableaux et des sortes de… relevés qui sont peut-être reliés au chantier. Je n'y comprends rien, c'est plutôt technique. Mais toi, tu dois pouvoir décrypter ces trucs.

— Ils viennent d'où, ces documents ?

— De chez l'ingénieur de Rafaelo. »

Shérif soupèse le pour et le contre en grattant son menton épais.

« OK. On y va cet après-midi. On se retrouve à 16 heures au début de la rue Ségurane.

— Merci. Je t'apporterai le dossier.

— Dis-moi, le flic qui s'est fait tirer dessus hier, c'est pas ton copain ?

— C'est déjà dans le journal ?

— Oui, première page. Un flic qui se fait flinguer, ce n'est pas une petite affaire pour les journalistes. »

Certes. D'ailleurs, il faut que j'aille voir comment va la petite affaire ce matin.

*

Devant la chambre 304, il n'y a plus de planton. J'en conclus que Casalès a privilégié l'hypothèse Boccanera plutôt que Santucci et a dégagé un précieux effectif. À l'intérieur, je retrouve la raie bien nette et le costume infroissable d'Edgar à côté du lit de Jo. Les deux hommes me regardent comme si j'avais interrompu une conversation importante, le genre de choses que tu repères tout de suite avec la fixité du regard et ce côté « Je retiens un bout de phrase entre mes dents serrées ».

« Bonjour. Je vous dérange ?

— Salut, Diou. En fait, tu tombes bien. Edgar a de nouvelles questions pour toi. »

Casalès se tourne vers moi et soupire :

« Connaissez-vous Élisabeth Tordo ? »

Il a l'air légèrement agacé, comme un CPE de collège qui aurait chopé le casse-couilles de service faisant la même connerie dans les couloirs pour la dixième fois.

« Élisabeth, l'agent immobilier ? Eh bien, euh, oui. Enfin, pas plus que ça, je l'ai vue la semaine dernière.

— Quel jour était-ce ?

— Lundi.

— Quel était le motif ?

— Pourquoi vous me posez cette question ?

— Réponds, Diou, s'il te plaît.

— Je suis passée chez elle car c'était l'agent immobilier de Mauro Giannini. Et c'est comme ça que j'ai commencé mon enquête.

— Vous êtes passée chez elle ?

— Enfin, à son agence, boulevard du Mont-Boron.

— Êtes-vous déjà allée à son domicile ?

— Non. Je ne sais pas où elle habite et… Et maintenant, expliquez-moi ce qui se passe.

— Élisabeth Tordo a été assassinée chez elle, probablement dans la nuit de samedi à dimanche. »

Je reste sans voix. Et je me reprends.

« Quel rapport avec moi ?

— On a trouvé votre carte de visite dans son sac.

— Ah merde, j'aurais dû la retirer après l'avoir trucidée, c'est ballot ! »

Jo me regarde de l'air du gars qui a tout vécu avec moi (et c'est à peu près ça) tandis d'Edgar a du mal à choisir entre le lard et le cochon.

« Je lui ai laissé ma carte lundi en partant, comme je fais avec tout le monde. Comment a-t-elle été tuée ? Étranglée, elle aussi ?

— Non, on lui a fracassé le crâne. Et on s'est acharné sur elle.

— Il y a un rapport avec les meurtres de Mauro et Dorian, vous pensez ?

— À ce stade, Diou…

— Bon, je vous laisse. Madame Boccanera, il faudra quand même que nous nous reparlions. Je vous contacte rapidement. »

Je le suis des yeux jusqu'à ce que la porte se referme et je me retourne vers Jo.

« Dis donc, qu'est-ce qu'il nous fait, l'inspecteur Clouseau, là ? Il ne croit quand même pas que c'est moi qui l'ai butée ?

— Non, il est juste méticuleux et débordé. Trois meurtres et une tentative d'homicide, ça fait beaucoup. Et puis, avec moi coincé comme un con, ici…

— Et tu te sens coincé comment ? Coincé bof ou coincé mieux ?

— Coincé un peu mieux… Dis-moi, j'avais oublié de t'en parler, mais ton Emiliano Sanchez Moreno, il a un casier.

— Tu as enquêté sur lui ?

— J'ai demandé à Casalès. Il connaissait Dorian, non ? Il a été son patron pendant un temps, peut-être ont-ils été proches… C'est juste la procédure.

— Et il a été serré pourquoi ?

— Coups et blessures ayant entraîné une ITT de trois jours il y a six ans, à Paris. Il était videur dans une boîte gay. Une altercation entre des clients et des passants qui a dégénéré. Apparemment il a entièrement refait le portrait d'un gars.

— Ça n'en fait pas un tueur.

— Non. Mais c'est un mec potentiellement violent.

— Potentiellement, comme tout le monde. Je suppose que si tu vérifies où il était les soirs des meurtres, tu le trouveras au Zanzib'hard, sur scène ou en coulisses, avec suffisamment de personnes pour en témoigner.

— Tu m'as l'air sûre de lui…

— C'est pas lui le meurtrier, Jo. Pour en revenir à Élisabeth Tordo, tu peux m'en dire un peu plus ?

— Pas de trace d'effraction : elle a sans doute fait entrer l'assassin qui lui a défoncé le crâne avec une sculpture en bronze.

— Une sculpture qu'il a trouvée sur place ?

— Oui. Du coup, on se pose des questions sur la préméditation ou si c'est une dispute qui a mal tourné. Elle vivait seule, mais Casalès va fouiller pour voir si elle fréquentait quelqu'un. A priori, rien ne manque dans les objets de valeur selon la femme de ménage, sauf peut-être l'ordinateur portable, mais elle n'en est pas sûre. Évidemment, pas d'empreinte sur la sculpture.

— Putain… J'en reviens pas quand même. Élisabeth Tordo… On ne s'est jamais aimées, mais bon… Tu crois que ça a un rapport avec la mort de Mauro et Dorian ?

— Et avec ton agression ? »

On s'approche de la zone que je veux éviter. Pour l'instant, Jo ne semble pas avoir compris que la balle qui lui a éclaté la rate m'était destinée, si on en croit Casalès. Je dévie la conversation.

« Au fait, il y a des nouvelles du côté des caméras de surveillance ?

— Oui. La moto a été repérée sur la Prom, mais la plaque minéralogique était dissimulée. Pas de caméra à cet endroit de Rauba Capeù, donc pas d'images du coup de feu. Elle part vers Villefranche, où on la perd. C'est tout.

— Putain, tout ça pour ça. Ça nous coûte combien, ces conneries qui ne servent finalement à rien ? »

Jo ne pipe pas. On n'est pas d'accord là-dessus et il ne veut pas engager le débat. Il a raison, j'ai l'avantage d'une rate. Je sors de la chambre pour me retrouver nez à nez avec Casalès qui m'attend, sagement assis sur une chaise dans le couloir. Quand il promet de te contacter rapidement, lui…

« Franchement, Edgar, si j'avais voulu tuer Élisabeth Tordo, je l'aurais fait il y a trente ans.

— Je n'en doute pas. Mais avouez quand même : deux tentatives d'homicide sur votre personne et votre carte dans le sac d'une victime au crâne défoncé, ça fait beaucoup de pistes qui vous mettent au centre de cette affaire.

— Non. L'affaire a commencé avant, avec le meurtre de Mauro Giannini. Moi, ça me tombe dessus sans doute parce que Dorian m'a engagée et que j'ai suivi une autre hypothèse que celle du meurtre sexuel, et que j'ai peut-être… Ah, j'y pense…

— Oui ?

— J'ai reçu un mail anonyme bizarre avant-hier. Pas menaçant, juste quelqu'un me conseillant de chercher du côté du chantier. L'adresse est évidemment bidon, créée en deux secondes sur Yahoo. Est-ce que vous pourriez retrouver l'identité de l'émetteur ?

— Ça doit pouvoir se faire. De quel chantier s'agit-il ? Du tramway ?

— Je pense… Je ne sais pas si ça a un rapport avec Mauro Giannini, qui était ingénieur chez Rafaelo, ou avec l'accident qui a coûté ses jambes à un ouvrier. Ce n'est pas la première fois qu'on me lancerait sur une enquête de cette manière. En général, je ne donne pas de suite. Mais là…

— Renvoyez-moi le mail et… essayez de regarder où vous mettez les pieds. »

Sur ce, il pivote sur ses talons et s'en va combattre le mal dans son costume tout raide.

*

Lorsque j'arrive en vue de mon figuier, Ferdi me fait signe pour capter mon attention et s'avance vers moi. Il me désigne une silhouette longiligne assise sur un scooter, juste à côté de ma porte d'entrée. Je plisse les yeux puis presse sa main : « *Alles gut.* »

Je m'avance vers Sébastien Lasalle.

« Comment avez-vous eu mon adresse ? »

Il hausse les épaules et me regarde d'un air de défi.

« La voiture de l'Italien, c'est moi. »

J'attends. Je trouve que j'attends beaucoup avec ce petit con antipathique qui n'aime rien tant que faire durer le suspens pour donner du sens à des actes qui en sont dépourvus.

« Les tags, vous êtes au courant ? J'en avais marre de ce gros bourge et de sa bagnole de luxe, de ses manières.

J'en avais marre de voir mon frère changer. On est des gens normaux, nous. Quand Dorian revenait manger à la maison, il nous prenait la tête avec l'art, la peinture, les voyages… Enfin, tout un tas de trucs dont l'autre lui bourrait le crâne. Un soir, j'ai suivi l'Italien dans un de ces machins d'art, justement. Et je lui ai refait sa bagnole pour qu'il arrête de la ramener.

— Et vous venez me dire ça parce que… ?

— C'est mon père qui a insisté. Il m'a expliqué que… qu'on vous avait attaquée comme Dorian. Je suis venu vous dire que je n'ai pas tué l'Italien. J'ai fait des conneries, mais pas ça. »

Apparemment, monsieur Lasalle père a respecté notre accord et n'a pas parlé du Syrien. Je peux peut-être pousser pour voir.

« D'accord. Et je sais que vous n'auriez jamais fait de mal à votre frère. Mais des gens qui détestent les homos parmi vos camarades de jeu Niçois-pour-toujours, il y en a un paquet. Rappelez-vous, la première fois que l'on s'est rencontrés, vous m'aviez parlé de tous ces pédés qui colonisent la place du Pin et de tous ceux qui, comme vous, en ont marre. Alors, vous ne voyez pas quelqu'un d'assez volontaire pour nettoyer notre bonne ville en passant à l'acte ou en payant quelqu'un pour le faire ?

— Personne chez nous n'a touché à l'Italien. Ou à Dorian. »

Au moins, il ne fait pas semblant de ne pas comprendre. Je le crois. J'imagine mieux cette bande de bas du front se lancer dans la mission salvatrice d'apprendre la vie aux dégénérés à coups de batte de base-ball au coin d'une rue plutôt que d'ourdir une strangulation à domicile en compagnie d'un Syrien. J'imagine, et j'ai envie de vomir.

« Vous faites de la moto ?

— Non, pourquoi ?

— Vous connaissez quelqu'un qui aurait une japonaise blanche ?

— Non. »

Sur ce, il met les gaz et dégage sans enfiler son casque. Pendant quelques secondes, je me dis que s'il se viandait, je ne serais pas complètement malheureuse. Et puis, l'image des mains vides de monsieur Lasalle me rattrape. Je jette un coup d'œil à Ferdi qui ne m'a pas quittée des yeux. Signe du pouce, *alles gut*.

*

« On va d'abord passer par la baraque là-bas pour nous identifier auprès de la charmante Vanessa. »

Je suis Shérif qui louvoie entre les flaques d'eau du chantier jusqu'à un premier Algeco. Une femme d'une quarantaine d'années, l'air fatigué, nous accueille pourtant le sourire aux lèvres.

« Bonjour Shérif. Je ne savais pas que tu passais aujourd'hui.

— Bonjour, Vanessa. C'est le principe d'une visite surprise.

— J'en connais qui vont faire la gueule.

— J'ai l'habitude. De toute façon, il n'y a que toi que j'ai plaisir à voir sur ce chantier. Je te présente Ghjulia Boccanera. Tu peux lui faire confiance. »

Je les vois échanger un clin d'œil puis elle nous demande de remplir le formulaire visiteur. Ce truc est long comme un jour sans bouquin ni café : c'est tout juste s'ils ne demandent pas la couleur de nos slips. Pendant que Vanessa passe un coup de fil pour qu'on vienne nous équiper, Shérif se tourne vers moi pour me souffler, « elle est syndiquée ». Un dénommé Robert déboule pour nous conduire dans une deuxième baraque qui renferme des placards et des casiers qui puent la sueur. Il nous jauge puis choisit les équipements. J'enfile la chasuble à bandes réfléchissantes et mets le casque qu'il me tend. J'imagine que j'ai l'air aussi ridicule que Shérif avec ce machin posé au sommet de mon crâne. Pourquoi s'obstinent-ils à fabriquer des trucs moches et qui ont l'air trop petits ? Les bottes, en revanche, sont trop grandes, je nage dedans. Shérif s'apprête à sortir quand Robert l'arrête.

« Ce n'est pas fini !

— Ah, oui, on a droit à la totale. »

Shérif bougonne, le gars le regarde d'un air faussement innocent.

« Monsieur l'inspecteur du travail, on m'a demandé de vous faire porter tous les EPI réglementaires, comme chaque personne sur le chantier. Donc lunettes et gants également. On ne voudrait pas qu'il vous arrive quelque chose…

— C'est quoi, les EPI ?

— Équipements de protection individuels. Obligatoires sur tous les chantiers… Non merci, les bouchons d'oreille, on s'en passera : il faut que je puisse entendre lorsqu'on me parle. »

L'odeur des gants me frappe dès que Robert les sort du placard. Confirmation lorsque je les enfile ; ils sont trempés de quelques litres de sueur ; je sens le bout de mes doigts commencer à se friper sous l'humidité. Traitement de faveur pour les représentants de l'inspection du travail.

Je respire une goulée d'air presque sain en sortant de l'Algeco. J'imaginais une fourmilière mais le chantier est calme, il tourne au ralenti depuis l'accident. Quelques ouvriers s'affairent autour d'énormes bobines de câble, d'autres sont penchés au-dessus du puits. Shérif se dirige vers un escalier et me fait signe de le suivre. Nous descendons vers l'entrée du tunnel, située à plusieurs mètres en sous-sol. La zone de l'accident se voit tout de suite, délimitée par des rubalises rouges et blanches.

« Messieurs, bonjour. »

Je me retourne pour voir Shérif saluer d'un air faussement enjoué deux hommes portant le même équipement que nous.

« Je vous présente ma collaboratrice, madame Boccanera. Voici messieurs Prada et Barbon, conducteurs de travaux. »

La poignée de Jean Prada est aussi molle que le reste du personnage. Il est gras, avec une calvitie avancée et une barbe de plusieurs jours qui ne doit rien à la mode mais plutôt à une négligence quotidienne. Pendant cette dizaine de secondes de présentation, ses yeux se sont posés sur ses chaussures, au-dessus de mon épaule et sur la brouette à ma gauche sans jamais se fixer quelque part, et surtout sans jamais me regarder. Changement de décor avec Richard Barbon, qui ressemble au Sentenza de Lee Van Cleef. Grand, sec et moustachu, le contraste qu'il offre avec Prada pourrait être comique s'il ne suintait pas autant l'hostilité. C'est le genre de mec que tu n'as pas envie de sentir dans ton dos sur une visite de chantier, ni ailleurs.

« C'est une première visite, messieurs : je suis là pour observer. Je vous poserai des questions lors d'une audition ultérieure. »

Nous franchissons tous les quatre le ruban rouge et blanc. Un pan de la paroi en béton d'environ trois mètres sur cinq s'est effondré, laissant s'échapper la terre qu'il était censé contenir. De chaque côté, des étais ont été posés pour renforcer le reste du mur. Shérif fait le tour de la montagne de gravats à pas mesurés, tandis que les deux conducteurs de travaux l'observent. Barbon a donné le ton en s'accoudant à une pelleteuse, bras croisés et visage fermé. Prada a adopté la même attitude avec quelques secondes de décalé. L'inspecteur du travail s'accroupit avec difficulté étant donné la circonférence de son ventre et saisit un bloc par terre.

« Dites donc, il a l'air bien explosé, votre béton : venez voir. »

Barbon et Prada s'avancent avec réticence. Shérif leur fait signe de se baisser.

« Un mur qui s'écroule parce qu'il y a des fissures, je connais. Ça part par pans entiers, des trucs assez importants, voyez. Ici, on a plein de morceaux relativement petits. Si j'osais, je dirais que votre mur est éparpillé par petits bouts, façon puzzle. Vous en pensez quoi ? »

Prada se gratte la gorge.

« Il y a eu un orage. Il était très violent…

— L'orage… Oui, enfin, ce n'était pas une tempête tropicale non plus. C'était un gros orage certes, mais dont on a l'habitude. Normalement, vous devriez pouvoir construire des murs qui résistent au climat d'ici.

— C'est vous le spécialiste…

— Ah ? Je pensais que vous vous y connaissiez un peu vous-même, étant donné que vous êtes conducteur de travaux sur des structures en béton. C'est étonnant. Vous savez quoi ? Je vais en prendre un morceau pour ma collection. »

Il sort un sachet en plastique de sa poche et y glisse le fragment de mur. Tout le monde se relève avec plus ou moins d'aisance.

« Franchement, vous ne voyez pas ce qui a pu occasionner cet accident ? Non ? Bon. Et le gars blessé, comment va-t-il ?

— On a dû l'amputer des deux jambes.

— Ouh, c'est moche… Je vais surveiller la procédure d'indemnisation qu'a prévue votre entreprise. Bien, messieurs, je vous convoquerai rapidement pour qu'on puisse discuter tranquillement. »

Shérif jette un dernier coup d'œil circulaire et se dirige vers l'escalier, sa collaboratrice muette sur ses talons. Nous nous déséquipons puis passons saluer Vanessa que Shérif étreint goulûment, avant de quitter le chantier.

« Des drôles de gugusses, les deux, non ?

— Si Barbon avait pu te flinguer et te couler discrètement sous une chape…

— Oui, j'ai l'habitude des manifestations de joie et d'amitié lorsque j'arrive dans une entreprise. Mais, lui, il est vraiment mauvais, et l'autre le suit comme un toutou. Il faut que je les interroge séparément, tout comme les ouvriers présents au moment de l'accident.

— Ton histoire de béton explosé…

— Je trouve ça bizarre. Je vais envoyer ce morceau au labo de Marseille pour analyse. Mais les résultats vont mettre du temps à arriver. »

Je tends à Shérif la chemise cartonnée que j'ai trimballée pendant la visite et qui m'a servi de déguisement de collaboratrice.

« Tiens, voici les documents dont je t'avais parlé. Tu me diras ce que tu en penses.

— Je t'appelle. »

*

C'est l'heure de récupérer ma Vespa. En arrivant au garage de Mohamed, je suis tentée deux secondes de faire un peu de boucan pour voir apparaître la tête du voisin excédé qui doute de la fiabilité du garagiste, mais je m'abstiens.

Ma jolie guêpe rouge m'attend dans un coin de l'atelier. Elle a du être briquée avec amour et polish parce qu'elle rutile comme jamais. Quand il me voit arriver, Mo me fait signe : « J'appelle Zeinah, elle fait des courses à côté. »

Après qu'il a passé son coup de fil, il m'explique tous les petits ennuis qu'avait mon deux-roues avant de me rassurer.

« C'est fini, elle tourne très très bien maintenant. »

On écoute le moteur, on regarde le phare qui a été remplacé et on tâte le pneu regonflé. Je vais pouvoir rejouer *Vacances romaines* et *Journal intime* au volant de mon bijou.

Zeinah arrive au moment où je me bats avec Mohamed pour lui payer correctement ses réparations quand il soutient que ça lui fait plaisir de me rendre service. On arrive à une transaction fifty-fifty tandis qu'elle débarrasse un établi pour y poser les dix feuilles les unes à côté des autres.

« Ce que tu as donné à Mohamed, Djouliha, ce sont des relevés géologiques du sous-sol. On les fait après avoir enfoncé un tube dans le sol. Du carottage, ça s'appelle : j'ai regardé dans le dictionnaire hier. Ils ont enfoncé un tube jusqu'à cinquante mètres de profondeur : c'est écrit sur le côté, ici, tu vois, 50 M. Et puis, regarde, je les mets les uns à côté des autres et ça forme une ligne, comme un puzzle. Ça veut dire que ces dix relevés, ce sont les dix morceaux d'un terrain. En tout, il y a un peu plus d'un kilomètre qui a eu du carottage.

— Tu sais quel endroit ça concerne ?

— Non. L'entreprise qui a fait ça a utilisé des chiffres comme un code.

— Et qu'est-ce que ça donne, ce sous-sol ?

— Eh bien, on voit une très grande couche d'alluvions, de sédiments : il n'y a presque que ça. En général, c'est du sable et de l'argile. Et ici dans la région, je pense qu'il y a des galets aussi. Là, on voit un peu de calcaire. Voilà. »

Des alluvions et du calcaire : si je me souviens bien, il n'y a rien d'étonnant pour cette ville.

« D'après toi, si on creusait un tunnel dans cette portion…

— Pour le tramway, tu veux dire ?

— Oui. Il y aurait des problèmes ?

— Eh bien, c'est un sous-sol qui est… » Elle sort un petit dictionnaire de son sac qu'elle compulse rapidement. « … qui est homogène. C'est à peu près la même chose partout. Je ne suis pas spécialiste des tunnels mais je crois que les techniques qu'ils utilisent sont très modernes : j'ai vu la machine qu'ils ont amenée pour creuser… Alors, non, ça ne doit pas poser de problèmes, on peut creuser sans risques.

— Pas de problèmes ?

— Je ne vois pas de roches dures dans ce relevé, comme du… (nouvelle recherche dans le bouquin dodu) granit par exemple : alors ça devrait aller pour le tunnel. »

Eh bien, ça ne va pas du tout pour moi. S'il n'y a pas de problème, ça m'en pose un gros : ces documents n'ont rien qui justifie qu'on les cache ou qu'on cherche à les récupérer, encore moins qu'on assassine quelqu'un pour ça.

« Et les tableaux ?

— Ah là, Djouliha, je n'ai rien compris, ce n'est pas de la géologie. Je suis désolée si je ne t'ai pas aidée.

— Si, si, ne t'inquiète pas. »

J'espère juste que l'œil de Shérif détectera quelque chose d'autre dans les fichiers.

10

Le commandant Joseph Santucci est de retour. Il a viré sa blouse d'hôpital et enfilé un jeans et un T-shirt pardessus sa perf. Il est presque debout, une fesse appuyée contre son lit, devant la table surélevée où on pose son repas. Le succulent plateau jambon-purée-sans-sel-petit-pain-compote a laissé place à un dossier qu'il est en train d'étudier. Il me jette un coup d'œil et se replonge dans sa lecture. L'accueil glacial confirme l'impression que m'a laissée son coup de téléphone : une convocation dans sa chambre d'hôpital, ton sombre et mâchoires serrées. J'ai failli l'envoyer se faire foutre parce que je déteste cette voix, que je sais que ça va mal finir ; mais à ce stade de l'enquête, j'ai besoin de toutes les infos possibles.

Comme on a l'air de partir sur du cinéma muet, je m'approche sans dire un mot pour jeter un coup d'œil sur ses papiers. C'est le rapport d'autopsie d'Élisabeth Tordo. Et ce n'est pas joli. Sur les quelques photos étalées, son visage est tuméfié, tellement loin de l'aspect lisse et plastique qui m'avait fait ricaner il y a quelques jours. De dos, c'est presque pire. Ses cheveux blonds ont disparu avec l'arrière de son crâne, remplacé par un trou rouge sombre. Putain, quelle mort.

« Est-ce qu'elle a souffert ?

— Pas vraiment, selon le légiste. Le premier coup a été fatal. Le reste, c'était du bonus. »

Il range tout soigneusement dans la chemise puis se tourne enfin vers moi pour me regarder dans les yeux.

« Tu as demandé à Casalès de rechercher qui t'a envoyé un mail anonyme.

— Oui. Il a trouvé ?

— castello67@yahoo.fr, c'est Élisabeth Tordo. »

Ça n'a aucun sens.

« Ça n'a aucun sens. Pourquoi m'aurait-elle envoyé un mail de manière anonyme à propos du chantier ? Elle bossait dans l'immobilier, pas la construction, et je doute qu'elle ait eu quelque chose à foutre d'un ouvrier qui…

— Ce n'est pas tout. »

Il extrait un document de son dossier.

« Il y a ça, que l'équipe vient de trouver en fouillant son appartement. »

Je regarde le contrat d'achat d'une moto neuve, blanche, japonaise, daté de six mois en arrière. Pendant que j'essaie d'enregistrer ce que je lis, Jo me pose deux autres feuilles sous le nez.

« Ça, c'est la photocopie de son permis moto et ça, la photo de son équipement, soigneusement rangé dans son dressing. » Blouson et pantalon de cuir, bottes épaisses, casque intégral. Je me laisse tomber sur le lit.

« Jo, pourquoi Élisabeth Tordo t'aurait-elle tiré dessus ?

— Et d'un, je ne pense pas que ce soit elle qui ait tiré. Elle, c'était la conductrice. Et de deux, comme Casalès, je pense que j'ai été un dommage collatéral dans cette histoire. Donc la question est : pourquoi Élisabeth Tordo et son complice t'ont-ils tiré dessus, Diou, et pourquoi t'a-t-elle envoyé un mail quelques heures après ? Ensuite, d'autres questions, comme par exemple : est-ce qu'il y a des éléments dont tu ne m'as pas parlé ? C'est sérieux, là.

— Je sais que c'est sérieux mais franchement, c'est quoi le scénario ? Élisabeth Tordo tue Mauro Giannini avec Rafiq El-Haddad, fait semblant de découvrir le corps (et se pisse dessus de trouille au passage), remet le couvert avec Dorian, envoie le Syrien me zigouiller puis trouve un nouveau complice pour me tirer dessus avant de m'envoyer un mail à propos d'un accident sur le chantier du tramway. Et tout ça pourquoi ? Parce que Mauro Giannini aurait mégoté sur la commission de la vente de sa villa ? Parce qu'elle n'aime pas les homos et préfère les flics syriens ? Parce qu'on ne s'aimait pas quand on était au lycée ? Tu trouves que ça colle ?

— Non. Et c'est pour ça que j'ai l'impression que tu ne me dis pas tout… »

Je suis à deux doigts de lui parler du petit ouvrier en plastique quand il explose.

« Je t'ai associée à cette enquête et je le regrette. Même Casalès, qui est trop poli pour me faire la gueule, trouve que je t'ai donné trop d'informations en échange de pas grand-chose. Je veux savoir pourquoi tout tourne autour de toi. Alors, maintenant, tu arrêtes de déconner et tu me craches ce que tu me caches, bordel ! »

Et ça m'énerve. Je déteste quand il parle sur ce ton, ça me renvoie aux pires moments de notre vie de couple et franchement, je n'ai aucune envie de revivre ces engueulades. Je suis consciente de la légitimité de sa colère mais rien à faire, j'embraye immédiatement au lieu de calmer le jeu.

« En échange de pas grand-chose ? Je t'ai parlé de la médaille de Dorian, du carton de Mauro, de l'ex-petit copain Fabien, du Zanzib'hard, alors que vous panouilliez lamentablement avec zéro piste. Je te prie par ailleurs de bien vouloir me pardonner de m'être fait à moitié étrangler par un de tes collègues syriens et je me répands aussi en excuses pour t'avoir mis en danger à cause d'un mauvais tireur qui m'a loupée, moi. Au passage, je me couvre le visage de cendres pour avoir pensé à raison que ta piste du crime sexuel était naze. Je ne suis pas associée à cette affaire, j'y suis engluée jusqu'au cou – qui va mieux, merci de t'en inquiéter. Sur ce, je t'emmerde et je me casse. »

Et je me casse avec une *rabia* de compétition internationale. Je n'aurais pas dû venir. C'est quand même dingue avec les flics, cet esprit de suspicion qu'ils se trimballent et ce sentiment de culpabilité qu'ils arrivent à te coller. Surtout ce flic-là, putain !

*

Je mets du temps à me calmer. Je me dirige vers le port à grandes enjambées pour chercher l'apaisement devant les quilles blanches, les mâts qui cliquettent et les pêcheurs qui bichonnent leur pointu. Lorsque j'arrive au niveau du café où nous avons attendu avec Dan la fin de la messe pour Amédée, mon portable vibre. Je m'assois en terrasse et consulte l'écran. Il affiche un message provenant d'un numéro inconnu.

J'ai des informations pour vous.

Difficile de résister.

À quel propos ?

— Vos recherches en cours.

— Allez-y.

— Non, cette nuit, à l'entrée du tunnel.

— Qui êtes-vous ?

— …

— Pourquoi sur le chantier ?

— Il faut que je vous montre quelque chose.

— À propos de l'accident ?

— Oui.

— Je ne travaille pas sur cette affaire.

— Elle vous intéresse quand même.

— Pourquoi moi et pas l'inspection du travail ?

— Je ne veux pas perdre ma place. Cette nuit 2 h du matin. En face du collège Ségurane, la grille sera ouverte.

— Le chantier n'est pas surveillé ?

— Longez la première baraque sur la droite.

Je fixe l'écran pendant quelques minutes, mais c'est fini. Je suppose que le numéro vient d'un téléphone prépayé. Maintenant, la question est : qui ? Qui me donne rendez-vous la nuit sur le chantier que j'ai visité hier ? Qui a ce numéro de portable ? Professionnellement, je fonctionne – mal – par mail, mon adresse électronique est la seule chose qui apparaît sur les annuaires en ligne. Je donne mon numéro de portable à mes clients une fois que le contrat est signé. Et je distribue quelques cartes avec parcimonie et à bon escient, selon la vieille blague corse. La dernière à qui j'ai donné indirectement ce numéro est Vanessa, quand j'ai rempli le formulaire. Mais Vanessa ferait sûrement appel à Shérif si elle avait quelque chose à révéler. Je pense aux Laurel et Hardy pas drôles de tout à l'heure. L'un des deux peut très bien avoir jeté un coup d'œil sur le bureau de la secrétaire du chantier. Mais lequel ? À tout prendre, je préférerais Prada, parce que l'autre me fout vraiment les chocottes. Je sirote mon café, toujours dégueulasse, en cherchant le lien avec les meurtres de Mauro et Dorian. Le coup de fil de Shérif, qui m'intime de le rejoindre le plus vite possible, interrompt mes supputations.

À la permanence, les piles de dossiers qui encombrent son bureau ont sensiblement la même hauteur, et mon syndicaliste préféré est encore en train de manger un sandwich. Pour lui laisser le temps de finir sa bouchée, j'attaque.

« J'ai vu une hydrologue pour les relevés géologiques. D'après elle, ils sont clean. C'est le résultat d'un carottage sur cinquante mètres qui donne un sous-sol homogène, sans problème pour le percement d'un tunnel. Je suis désolée, je ne crois pas que ça puisse t'aider pour ton enquête finalement.

— Comme je ne suis pas spécialiste, je les ai d'abord mis de côté pour me concentrer sur les tableaux. Et puis, il y a un truc qui m'a titillé quand je les ai examinés. Figure-toi que dans le dossier de présentation du tramway, il y a aussi des relevés géologiques. D'ailleurs, on dit géotechniques. Regarde. »

Il fait glisser devant moi ce qui ressemble à un magazine et que je reconnais comme étant la plaquette sur papier glacé qui a été publiée pendant la campagne de communication sur le tramway, avant que ne débutent les travaux. Shérif l'ouvre à la rubrique « Technique » et pose son doigt sous deux images que j'identifie aussitôt : ce sont deux de mes relevés, mais avec des légendes indiquant la nature des couches – sédiments et calcaire –, comme l'a deviné Zeinah.

« Oui, ce sont les mêmes. Avec la dénomination des roches en plus, c'est tout.

— Eh bien, non. Ce ne sont pas exactement les mêmes. Regarde de plus près, là, sur le côté.

— Enlève ton gros doigt, je n'y vois rien. Il y a écrit 100 M. Qu'est-ce que ça veut dire ?

— Si tu lis le texte qui accompagne ces illustrations, tu apprends que l'entreprise a foré sur cent mètres de profondeur pour analyser le terrain. Sur tes documents, les mêmes relevés, exactement les mêmes comme tu l'as noté, montrent que le carottage n'est descendu qu'à cinquante mètres. Seulement cinquante mètres. Si tu regardes bien, l'échelle a été modifiée et les couches sont deux fois plus épaisses dans le dossier qui a été distribué.

— Ils ont gagné du temps et de l'argent, je suppose, en se contentant de forer à cinquante mètres…

— Mais surtout, ils ont menti sur la nature du sous-sol profond. Et donc, on ne sait pas ce qui se trouve sous la couche de sédiments… Tu sais ce que c'est le gypse ? »

En creusant un peu, je me souviens qu'il y a plusieurs années, une partie de la chaussée s'est effondrée sur vingt mètres de profondeur sur la colline de Cimiez. En cause, la présence de gypse, une roche qui se dissout au contact de l'eau et qui entraîne des cavités souterraines impressionnantes. Résultat, tout ce qui avait la malencontreuse idée d'être au-dessus des trous – route ou maison – s'est affaissé. À Cimiez, le risque était augmenté par les carrières creusées pour exploiter le gypse dans la production de plâtre. La colline ressemblait à un énorme morceau de gruyère, ce qui avait conduit les autorités à mettre en place un plan de protection des risques.

« Imagine qu'il y ait du gypse sous la couche de sédiments, ou une nappe phréatique. Ça pourrait faire désordre lorsque le tunnel sera terminé avec des tramways qui circulent à l'intérieur…

— Le mur qui s'est écroulé, c'est à cause de ça ?

— Peut-être, mais pas seulement. Je t'ai gardé le meilleur pour la fin. Les deux tableaux, là, ce sont les bons de commande et de livraison de matériaux pour chantier. Eux aussi ont l'air identiques. Sauf si tu prends cette ligne-là : il s'agit de sable pour fabriquer du béton. Regarde les références sur les deux bons.

— Ce ne sont pas les mêmes.

— Voilà : mais le prix, lui, est le même à la livraison et à la commande.

— Ce qui veut dire ?

— Ici, on a commandé du sable de bonne qualité au tarif en vigueur. Là, on a livré du sable de moins bonne qualité mais au même prix. Un sable qui devrait être moins cher. Deux conséquences : primo, il y a fort à parier que quelqu'un a empoché la différence au passage ; secundo, qui dit sable de mauvaise qualité, dit béton de mauvaise qualité. Et qui dit béton de mauvaise qualité…

— … dit mur qui s'effondre en petits bouts. Putain, ça en fait des tripatouillages. Et quand tu parles de différence empochée, ça fait combien ?

— À l'échelle de ce chantier, ça doit représenter des millions.

— Ah quand même.

— Tu as mis le nez dans des malversations assez conséquentes, *bella*. Mais on a un vrai problème.

— Lequel ?

— Aucun de ces documents n'est une preuve. On ne sait pas d'où tu les sors, et le nom de l'entreprise n'est inscrit nulle part.

— Ça appartenait à un ingénieur de chez Rafaelo.

— Certes, mais on n'a que ta bonne foi pour te croire. Si les flics les avaient trouvés et mis sous scellés, à la limite, mais là… »

Je suis effondrée. C'était donc une connerie de récupérer le petit ouvrier en plastique et de ne pas en parler aux flics. On se retrouve avec des éléments complètement inutilisables dans une procédure. Quelle merde ! Quelle conne ! Shérif attrape ma main.

« Ne fais pas cette tête ! Ça me donne une vraie piste pour l'enquête sur l'accident. Et il y a l'échantillon que j'ai envoyé pour analyse…

— Mais ça va être compliqué de fouiller les dossiers de Rafaelo, je suppose. Si Mauro Giannini n'a récupéré que ça, cela veut dire que la magouille est assez sophistiquée, donc compliquée à démontrer. Il va te falloir plusieurs jours, voire des semaines…

— Je ne vais rien lâcher, je t'assure.

— Pourtant, même si ces documents ne sont pas des preuves, quelqu'un se donne beaucoup de mal pour les récupérer. Qui a pu bidouiller les relevés et passer ces commandes ?

— Pour les relevés, je ne sais pas ; mais les commandes sur un chantier, ça peut faire partie du boulot d'un conducteur de travaux. »

Don Quichotte ou Sancho Panza ? On se regarde. Il lève la main pour me prévenir.

« Mais pour l'instant, je ne peux accuser personne sans un dossier solide.

— Et pendant ce temps, le béton continue à couler, et le tunnel à se creuser. »

Je sors de la permanence avec le moral au fond des Docs. En marchant pour rentrer chez moi, je retourne le problème dans tous les sens et je retombe toujours sur la même conclusion : si je veux pouvoir réparer mes conneries, je ne vois que le rendez-vous de ce soir avec le courageux anonyme.

11

Ce n'est pas malin. Je sais. Se pointer au rendez-vous d'un SMS anonyme alors qu'on a déjà essayé de me buter, ce n'est pas le truc le plus intelligent de la terre. Mais c'est comme ça. Vu ma dernière engueulade avec Jo, je n'avais pas envie de faire appel à lui, ni à l'homme aux complets brouillés. J'ai choisi la tenue la plus adéquate pour un rendez-vous nocturne, j'y ai rajouté l'antique gilet pare-balles oublié par Jo en partant, retrouvé au fond d'un placard.

À l'heure dite, je suis devant le collège. Je mets quelques minutes à trouver l'ouverture discrète entre deux palissades en métal, tellement discrète que je dois rentrer tout ce qui dépasse pour m'y faufiler. La baraque est juste là, à gauche. Hier, j'ai repéré la caméra de vidéosurveillance au-dessus de cette portion de chantier, et effectivement le côté droit est dans un angle mort. Cette nuit est vraiment noire : le mince croissant de lune ne donne pas de lumière et, dans la pénombre, les engins de chantier ressemblent à des animaux préhistoriques endormis. Je longe la baraque et j'arrive face à l'escalier à deux paliers que j'ai déjà emprunté lors de ma visite avec Shérif. Le garde-corps métallique est plein, ajouré de dix centimètres sur le haut pour former une rampe. Je m'accroupis pour me dissimuler au maximum lors de la descente. J'ai chaud, je me sens oppressée, j'ai l'impression d'avoir cent ans et de peser cent kilos. Je m'efforce de faire le plus doucement possible pour ne pas faire résonner les marches. Je m'arrête avant la dernière volée qui débouche face à l'entrée du tunnel à vingt mètres – vingt mètres à découvert. Je ne distingue rien mais quelqu'un doit être là à m'attendre dans cette obscurité totale. Légèrement sur ma droite, à une quinzaine de mètres, une autre baraque, plus petite que celle du haut. J'ai vu les ouvriers y ranger leurs outils. En courant vite, je peux m'y abriter et réfléchir. Parce que, bien sûr, je n'ai aucun plan. Aucun flingue et aucun plan. Avant de me filer toutes les baffes que je mérite, je jaillis de l'escalier et cours à toute vitesse vers l'Algeco en essayant de me courber le plus possible pour offrir une cible moins facile. Boccanera, pauvre conne. J'ai à peine le temps de me réjouir de n'être qu'à quelques mètres que j'entends le son d'une bouteille que l'on débouche et je sens l'impact de la balle dans mon dos. C'est tellement puissant que ça me coupe le souffle et me colle à la paroi du baraquement qui tremble sur ses maigres fondations. La personne n'était pas en embuscade dans le tunnel : elle m'attendait à gauche de l'escalier et n'a eu qu'à ajuster son tir lorsque je lui ai offert mon dos sur un plateau. Ça fait un mal de chien mais j'ai le réflexe de rouler sur moi-même et de glisser aussi vite que possible derrière la paroi adjacente de la cabane. Une balle s'écrase là où je me tenais cinq secondes plus tôt. Je me retrouve coincée entre la baraque et un mur de soutènement à moins de trois mètres. Je n'ai pas beaucoup d'espace, mais pour me choper, elle devra s'approcher.

« Arrêtez ! Je vais hurler et ameuter les voisins qui appelleront les flics ! » Ce n'est pas la peine de dissimuler ma position.

« Il fallait minimiser les nuisances sonores du chantier pour ne pas gêner l'environnement, c'est ce que nous avons fait avec de nouveaux matériaux. Les relevés acoustiques que nous avons effectués ici montrent que le son est largement étouffé. »

Je m'attendais à cette voix, mais son calme et sa maîtrise me surprennent quand même.

« Et puis, avant que la police n'arrive, j'aurai le temps de terminer le travail et de partir en refermant la grille. Sortez de là !

— Je ne peux pas. Vous m'avez touchée dans le dos. Je saigne, j'ai besoin d'être soignée.

— Jetez votre arme.

— J'en ai pas.

— Jetez votre arme !

— Je n'en ai pas. Je n'ai pas de permis, je n'ai pas d'arme. Réfléchissez, j'aurais riposté sinon. »

J'ai l'impression d'entendre un ricanement, ou peut-être que le sentiment d'humiliation totale qui me submerge me provoque aussi des hallucinations…

À cause du mur de soutènement et du compacteur garé tout contre, elle va se retrouver dans un espace restreint. Elle est obligée de s'avancer juste à quelques mètres de moi, flingue en avant. Je l'attends, adossée au mur, moyennement campée sur des jambes flageolantes, visage en sueur. On a eu la même idée : s'habiller en noir pour passer inaperçues dans l'obscurité. Elle a juste pensé à rajouter un flingue muni d'un silencieux. Paradoxalement, ce sont les ombres sur ce visage dans l'obscurité qui révèlent ce qui me taraude depuis que je l'ai rencontrée. La ressemblance avec l'adolescente blonde dans la cour du lycée, la jolie fille creuse dont la moue dédaigneuse n'avait pas encore subi les outrages de la chirurgie plastique, me saute enfin aux yeux.

« Vous êtes la sœur d'Élisabeth Tordo.

— Demi-sœur.

— C'est vous qui l'avez tuée.

— Elle croyait qu'on allait juste vous effrayer. Quand elle a vu le flic s'écrouler, elle est devenue hystérique. Il fallait la calmer.

— En lui défonçant le crâne.

— Entre vous et moi, il n'y avait pas grand-chose dedans. »

J'ai trouvé plus cynique que moi, et plus armée aussi. Je n'ai pas beaucoup de chances en face. Je sais que ça ne sert à rien d'essayer de la faire parler. Je perçois d'ailleurs dans ses yeux que la conversation va s'achever très vite d'une balle dans la tête. Dans ma tête.

Honnêtement, je ne sais pas ce qui s'est passé. Tout ce dont je me souviens, c'est d'un sentiment plus puissant que la peur : une colère rouge, brûlante, venue du tréfonds de mon cerveau. Ou de mes tripes. Une haine qui m'a renvoyée à mon animalité. Laurence Mansour a tué deux hommes. Elle a provoqué la mort de Bertolino et l'amputation d'un ouvrier, elle a envoyé un boucher syrien me faire la peau, elle a assassiné sa propre sœur. Et elle a tiré sur Jo. Cette salope a failli me priver de lui. Alors j'ai oublié la trouille et la douleur qui pulsait dans mon dos, j'ai jeté le bras sur la droite pour choper le manche de l'outil posé contre le mur et, dans un mouvement circulaire, j'ai balancé le tranchant en direction de sa tête, presqu'à l'aveugle. Je n'ai pas compté sur l'effet de surprise de voir une quasi agonisante tenter de lui péter la gueule à coups de pelle, mais ça a dû jouer parce que j'ai touché son bras avant qu'elle ne fasse feu. Le coup est parti de traviole, la balle a sifflé à mes oreilles. Et elle a laissé échapper son arme. Je fonce comme un bélier, droit sur elle. Une première charge à hauteur de poitrine. Elle est vraiment massive, solide sur ses appuis, et recule à peine. Elle me balance un crochet qui me cueille à la mâchoire. Je lance comme je peux un coup de pied en visant son entrejambe. Doc coquée contre pubis, ça fait mal. Elle hurle de douleur et de rage en se pliant en deux mais ne ralentit pas et se précipite tête basse vers moi. Je m'apprête à la cueillir d'un coup de genou au menton quand je vois qu'elle tient un couteau sorti de nulle part. Je réussis à esquiver la lame d'un bond en arrière mais je me réceptionne mal et tombe lourdement à la renverse. Putain, mon dos. J'ai le réflexe de plier les jambes avant qu'elle ne se jette sur moi, couteau en avant. Lorsque je la sens juste au-dessus de moi, je les détends le plus fort possible : mes semelles heurtent son sternum et je la propulse violemment en arrière sur plusieurs mètres. Je me relève comme je peux, empêtrée que je suis, suant comme un bœuf, le dos tellement douloureux que j'en oublie de respirer. Je récupère la pelle et me précipite pour tenter de la neutraliser. Je m'arrête à un mètre d'elle lorsque je vois qu'elle est bizarrement affalée. Ses jambes sont allongées devant elle mais le haut de son corps semble suspendu en diagonale entre ciel et terre. Les bras sont écartés, les mains vides, le couteau est hors de vue. Je m'approche prudemment. Ses yeux sont écarquillés, sa bouche s'ouvre et se ferme sans bruit. Le béton, c'est solide. C'est d'ailleurs pour ça que lorsqu'on bétonne, c'est pour longtemps. Et pour être sûr que les structures tiennent vraiment, on ferraille pour ancrer le tout. C'est ce qui s'appelle le béton armé. Armé de grosses tiges de fer standard de treize millimètres de diamètre. Comme celle qui dépasse de la poitrine de Laurence Mansour et la maintient comme une marionnette de chiffon à une cinquantaine de centimètres du sol. Je l'ai envoyée s'empaler sur l'une des tiges qui dépassent d'une chape de béton. Normalement, celles-ci sont chapeautées d'un capuchon en plastique épais pour éviter ce genre d'accident. C'est ballot tout de même, la directrice d'exploitation de chez Rafaelo qui est allée se planter sur du matériel non sécurisé… Je m'approche un peu plus. Mon regard est attiré par sa chaîne en or, ce bijou si discret qui se nichait dans l'encolure de sa chemise. Elle pend à l'arrière de sa tête, lestée par le poids d'une petite médaille qui s'est prise dans ses cheveux. Je m'accroupis. Je reconnais le visage grave d'Artemisia Gentileschi, tendue tout entière vers la réalisation de sa peinture. Laurence Mansour ne peut pas parler, mais moi si.

« Tu les as regardés crever comme ça, Mauro et Dorian ? »

Battement de paupières qui pourrait dire oui, non, où suis-je, quel est l'âge du capitaine. Bref, n'importe quoi. Je m'aperçois que son corps glisse tout doucement et qu'elle s'empale de plus en plus. La longueur de la tige sanglante qui dépasse de son thorax augmente au fur et à mesure que la gravité accomplit son œuvre. Il me vient soudain l'idée d'accélérer le processus : il suffirait d'appuyer tranquillement sur ses épaules jusqu'à ce que celles-ci touchent le sol. Je pose un doigt léger au milieu de sa poitrine, à gauche de la tige qui pointe. Je la regarde dans les yeux, je ne sais pas si elle me voit.

« Tu sais quoi ? Si tu tiens bon, tu as peut-être une chance de ne pas mourir. Mais tu finiras ta vie en taule avec un énorme trou dans la poitrine. Alors peut-être que c'est inutile de s'accrocher. C'est toi qui vois. Bon, ne bouge pas surtout, je passe un coup de fil. »

Je me redresse, ouvre mon bomber et en sors mon portable de la poche intérieure. Apparemment il n'a pas trop morflé pendant l'empoignade. J'éteins le dictaphone. Avec des mouvements lents qui me font mal partout, je retire complètement le blouson puis entreprends d'enlever le gilet pare-balles siglé POLICE qui me leste depuis une heure. Lorsqu'il tombe par terre avec un bruit sourd, j'ai l'impression de perdre dix kilos. La douleur dans le dos se rappelle à mon bon souvenir. C'est infernal à chaque respiration. Tout en surveillant la glissade de Laurence Mansour, j'appelle Casalès.

« Edgar ? Je vous réveille ? Désolée. Il faudrait venir avec une ambulance sur le chantier du tram, à la hauteur du collège Ségurane. Il y a de la viande presque morte qui vous attend à l'entrée du tunnel. Ah, prenez une pince coupante ou une disqueuse, parce que pour l'instant, ça ressemble à une brochette pour barbecue géant. » Chester Himes style.

Je m'assois sur une brouette renversée et je regarde Laurence Mansour mourir. Très vite, la tête bascule en arrière puis les petites bulles rouges cessent de monter et d'éclater au coin de ses lèvres. Je la regarde avec détachement en me disant que c'est la meilleure chose qu'elle puisse faire. Et j'attends Casalès. Pour passer le temps, je parie sur la couleur de son costard. La dernière fois que je l'ai vu, il était bleu. Ou marron, va savoir. Il n'en a peut-être que deux. Plus un pour la messe du dimanche. C'est étrange, cette attirance pour ces trucs si mal coupés. Qui lui a fait croire qu'on pouvait vivre ainsi ? Une vie de tergal infroissable, où rien ne dépasse, une vie aussi figée que sa coupe de cheveux. Casalès a-t-il déjà endossé une autre tenue qu'un costard ? Certains sont nés coiffés, lui est peut-être né costumé. J'essaie de l'imaginer en jeans et tout ce qui me vient est l'image d'un électeur centriste, chemisette à manches courtes, pull noué autour des épaules et jeans repassé avec le pli au milieu. Impossible de l'ébouriffer et de le décoincer. Et à poil ? Existe-t-il une toute petite possibilité que… Redescends, Boccanera, tu es en train de délirer sur ce brave Edgar avec un cadavre à tes pieds. J'entends les sirènes, j'aperçois la lumière des lampes torches qui dansent tandis qu'on descend l'escalier et que Casalès apparaît soudain à côté de moi. Sous cet éclairage, je dirais qu'il a opté pour du vert olive.

« Bonjour Edgar, voici Laurence Mansour, directrice d'exploitation chez Rafaelo, responsable des meurtres de Mauro et Dorian, commanditaire de mon agression et flingueuse à moto. Par là-bas, vous trouverez l'arme qui a servi à tirer sur Jo. Autour de son cou, une médaille qui appartenait à Dorian. Et ça, c'est l'enregistrement de nos échanges où elle avoue le meurtre de sa demi-sœur, Élisabeth Tordo. »

Je lui tends mon portable qu'il prend sans un mot. Autour de nous, on s'affaire à délimiter un périmètre dont le point central est le corps empalé.

« Vous pouvez m'expliquer comment elle a atterri là ? »

Je lui décris ma dernière technique de close-combat en concluant qu'il ne faut jamais sous-estimer le béton armé comme allié dans un corps à corps.

« Vous êtes complètement siphonnée. »

Je ne suis pas loin d'être d'accord avec lui.

« Levez-vous, vous allez tout me raconter au commissariat… Et ça, c'est quoi ? »

Je sens l'exaspération à son comble quand la pointe de sa chaussure désigne le gilet pare-balles.

« Ça, ça a arrêté une des balles et ça m'a sauvé la vie.

— Vous êtes blessée ?

— Je ne sais pas, j'ai mal dans le dos.

— Nous passerons donc d'abord à l'hôpital avant d'aller au commissariat. »

Il me hisse sous les aisselles parce que seule, je n'envisage même pas de bouger un orteil. Putain, il va falloir remonter l'escalier.

*

« C'est quoi, cette nuit ? Duel au sabre, concours de casse-tête ? Ou, vu votre apparence, match de catch dans la boue ? »

Angela est de garde à l'hôpital et les petites heures du matin lui réussissent. J'ai à peine le temps de me rendre compte que je suis recouverte de gadoue qu'elle m'accompagne au scanner, procédure facilitée par la présence d'un capitaine de police pressé. Je laisse un demi-lopin de terre dans le sas où je me déshabille. Un toubib hilare me félicite un peu plus tard.

« Vous avez une chance incroyable : pas d'hémorragie interne, aucun organe touché, pas même une petite côte fêlée. Vous n'aurez qu'un hématome, mais un hématome de compétition, ça je vous le garantis, quelque chose de la taille d'une soucoupe ou d'une petite assiette, si vous préférez. Je vous prescris des antalgiques ? »

Je décline.

*

Au commissariat, le type de l'accueil a du mal à garder les yeux ouverts mais la vision de l'abominable femme de boue le réveille un peu.

L'interrogatoire de Casalès est serré et sans concessions. Il me fait dérouler le fil de l'histoire depuis mon tout premier contact avec Dorian. Lorsque je raconte la découverte du petit ouvrier en plastique dans la voiture de Mauro, il grince entre ses dents, « Je pourrais vous inculper pour dissimulation de pièce à conviction », et je rétorque que s'ils avaient fait correctement leur boulot, ils l'auraient trouvé avant moi : il suffisait de descendre au garage, mais cela impliquait de ne pas s'arrêter aux apparences et ça, ils en avaient été incapables. Ça l'énerve un peu plus mais la menace d'inculpation tombe.

Lorsque j'en arrive à mon rendez-vous de la nuit armée de mon seul gilet pare-balles, il ne peut pas s'empêcher de hausser les sourcils. Je raconte les tirs de Mansour et notre lutte finale jusqu'à l'embrochement. Lorsque je me tais, il pose mon téléphone sur son bureau et ouvre le dernier fichier son. J'ai un instant de panique. Et si le truc n'avait pas marché ? Et si les bruits étaient trop étouffés par le blouson ? Si elle était trop loin ? Durant les premières minutes où je pénètre sur le chantier, il n'y a rien à part le bruissement du tissu. Puis j'entends mes pas dans l'escalier, ma course et le cri que j'ai poussé lors de l'impact de la balle. Des frottements encore lorsque je me suis réfugiée derrière le mur de la cabane. Et soudain, je m'entends hurler : « Arrêtez ! » Putain, je couine comme un goret et ma voix tremblote. En comparaison, la réponse de Laurence Mansour est nette et posée. On sent qui tient le flingue et qui en observe avec terreur l'œil noir du canon. Edgar est concentré, les yeux fixés sur l'écran. Il fronce les sourcils durant les instants confus de notre corps à corps puis me regarde comme s'il me découvrait lorsqu'on m'entend demander, « Tu les as regardés mourir comme ça ? » Moi-même, je ne reconnais pas ma voix, chargée de toute la haine qui m'a portée pendant ces minutes inqualifiables de lutte à mort. Je crois que si je n'avais pas eu l'intime conviction qu'elle allait crever, je l'aurais achevée. Je soutiens le regard du flic. Lorsque l'enregistrement s'arrête, il pousse avec délicatesse le téléphone sur le côté comme si c'était une fragile œuvre d'art.

« Quand avez-vous soupçonné que c'était Laurence Mansour ?

— Quand elle m'a ordonné de jeter mon arme. Non, je plaisante : lorsqu'on m'a expliqué que les relevés géotechniques avaient été bidouillés.

— Et ça ne vous est pas venu à l'idée de nous en parler ?

— Non. »

Je ne vois pas quoi répondre d'autre. J'étais en colère à cause de son insupportable suspicion à mon égard et de l'engueulade avec Jo. Il souffle en secouant la tête.

« J'ai demandé à des collègues s'ils se souvenaient de Rafiq El-Haddad pendant sa formation ici. Il n'était pas très bavard, ils se rappelaient donc peu de lui sauf une chose : un restaurant qui était devenu sa cantine, il y était fourré tous les jours. Un restaurant libanais appelé El Mansouria. Joli nom, non ? Kader Mansour, le mari de Laurence, n'est pas allé bien loin pour trouver le nom de son établissement. On peut imaginer qu'El-Haddad s'est tourné vers eux pour revenir à Nice. Et en a profité pour donner un coup de main à madame. Bon, je garde votre portable.

— Certainement pas, j'ai besoin de mon téléphone. Et sans autorisation d'un juge, vous ne pouvez pas le saisir. Je vous donne le fichier audio et le numéro qui m'a envoyé le SMS, et basta. »

Ce n'est évidemment pas comme ça que je vais calmer le jeu, mais je m'en fous.

« Je vais demander à un agent de venir prendre votre déposition. Vous allez nous re-raconter tout ça en détail. »

On aurait pu le faire du premier coup, mais Casalès a décidé de me faire chier autant que possible. Nous attendons donc en silence que l'OPJ arrive, qu'il allume le PC, que celui-ci donne signe de vie et que le formulaire adéquat s'ouvre à l'écran. Casalès me repose à peu près les mêmes questions, et j'y apporte les mêmes réponses. Lorsqu'il estime qu'il ne peut plus rien tirer de moi, il fait un signe à son collègue qui lance l'impression et se lève pour aller chercher les feuilles, vraisemblablement à l'autre bout du commissariat si j'en crois le temps d'attente. Je relis et je signe sans un mot.

« Attendez-vous à être mise en examen pour homicide involontaire : donc interdiction de quitter la ville. Et, au fait, le commandant Santucci est sorti hier de l'hôpital. »

*

Casalès m'a fait escorter jusqu'à mon bureau pour récupérer la clé USB. J'allume la lampe sur mon bureau, j'attrape le petit ouvrier qui attend sagement dessous et je le donne au pandore qui s'éclipse sur un salut réglementaire. Je m'assois à mon bureau pour essayer de faire le point. Primo, Laurence Mansour maquille des documents géotechniques pour que son entreprise obtienne le chantier du tramway. Elle ment sur la profondeur à laquelle a été effectué le carottage. Pour économiser du temps et de l'argent, on sonde à cinquante mètres et on tripatouille les résultats pour faire croire qu'on a analysé cent mètres de sous-sol. Un sous-sol qui apparaît parfait pour accueillir le percement d'un tunnel qui doit déboucher sur le quai du port à quelques encablures de l'eau, sous une rue bordée d'immeubles plus tout jeunes qui se fissurent lentement. Et sans qu'on sache exactement ce qui se cache très en profondeur. Secundo, on réceptionne du sable de second choix au prix d'un sable de qualité et la directrice d'exploitation empoche la différence (peut-être avec la complicité de l'entreprise de matériaux). Accessoirement, cela entraîne un accident grave qui n'augure rien de bon en ce qui concerne tout ce qui a été construit avec ce mauvais béton.

Découvrant le bidouillage, Mauro Giannini décide de dénoncer le tour de passe-passe des relevés géotechniques et des fausses factures ; il a la mauvaise idée d'en parler à Laurence Mansour, en lui disant qu'il a récupéré des fichiers qui prouvent la malversation. Elle le rejoint chez lui, le drogue pour découvrir où sont cachés les documents, mais Rafiq El-Haddad, le complice qu'elle a appelé à la rescousse, joue trop vite sa partition d'étrangleur. Quand elle découvre l'existence de Dorian venu récupérer les affaires de Mauro, elle décide de le faire parler. Là, le Syrien prend plus de temps et utilise des méthodes ignobles, mais Dorian n'est au courant de rien. La seule chose qu'il peut leur donner, c'est moi. La tentative de me stopper dans l'enquête échoue à Rauba Capeù et elle assassine Élisabeth Tordo, sa demi-sœur, complice naïve de la chevauchée à moto. Je pense qu'elle a eu vent de ma présence sur le chantier, soit parce qu'on lui a transmis les fiches des visiteurs, soit parce que l'un des conducteurs de travaux l'a informée de la visite de l'inspection du travail. Il suffisait de m'envoyer un texto (elle a pu récupérer ma carte professionnelle chez Dorian) pour m'attirer avec la promesse de nouvelles informations.

Je me relève, éteins la lampe et reste un moment dans le noir. Je me dis que si j'avais parlé tout de suite à Dorian de la clé USB, il aurait pu lui donner cette information et ça se serait peut-être arrêté là… Non, elle aurait quand même tué le gamin et essayé d'éliminer tous ceux qui la mettaient en danger.

*

Devant la montée des quatre étages de mon immeuble, je me jure qu'à la prochaine assemblée des copropriétaires, j'exige la pose d'un palan puisqu'il n'y a pas de place pour un ascenseur. La minuterie s'éteint lorsque je suis à l'entresol entre le deuxième et le troisième, signe évident que je suis en sous-régime. Sur le palier, je salue monsieur Bertolino et je lui chuchote, « On les a eus », avant d'ouvrir ma porte. En passant devant la cuisine, la vision d'Emiliano à poil en train de boire un verre d'eau m'arrête net. Lui m'a entendue entrer mais son sourire se fige en me voyant.

« *Querida*, qu'est-ce qu'il t'est arrivé ?

— Il faut que je prenne une douche. »

Mais d'abord, je vomis consciencieusement. Violence, haine et mort, trois grands spasmes qui me secouent au-dessus de la cuvette. Ensuite, je me shampouine et me savonne de tout ce qui peut s'écouler par une bonde métallique. Le reste tapissera à jamais le fond de ma mémoire. Quand je sors, Dan et Emiliano m'attendent autour d'un café. Ils ont enfilé caleçon et T-shirt, signe que la conversation va être sérieuse. Je me sers une tasse et raconte rapidement l'essentiel sans entrer dans les détails. Leur visage est grave comme jamais, avec des ombres noires lorsque je reviens sur les circonstances de la mort de Dorian. À la fin de l'histoire, Dan va chercher un tube de crème pour me badigeonner le dos.

« Tu vas te reposer maintenant ? »

En me posant la question, il connaît la réponse. Alors Emiliano m'embrasse le sommet du crâne et ils partent se recoucher. Je m'installe sur le balcon dans l'attente d'une heure décente pour appeler monsieur Lasalle. Je vois l'Est blanchir doucement, un chat en embuscade sur un balcon voisin surveiller une proie invisible et une toute petite vieille très courbée traverser la place en traînant un chariot bricolé avec un diable et une cagette de bois. Si c'est l'heure d'aller au marché, le père de Dorian doit être réveillé, si tant est qu'il puisse dormir ces derniers temps.

*

Je retrouve ma guêpe rouge avec bonheur pour rouler dans des rues encore vides. Au-dessus de la plomberie, monsieur Lasalle, qui me guette depuis le premier étage, me fait signe de monter. La cuisine sent le café frais et je ne peux pas refuser. Je pose ma tasse sur le visage souriant d'une aubergine. Il s'assoit en face de moi et je raconte une nouvelle version de l'histoire dans laquelle Dorian est mort sans rien dire. Je termine sur l'accident de chantier de cette nuit et la mort de la directrice d'exploitation. Monsieur Lasalle saisit mes mains et les porte à ses lèvres. Il reste un moment comme ça. Mon téléphone vibre, brisant le charme. Je prends congé sur une étreinte et un « prenez soin de vous » réciproque. Avant de remettre mon casque, je vérifie l'origine de l'appel. Jo. Je gare la Vespa devant chez Colette où la dizaine d'habitués s'accoude déjà au comptoir, devant des petits blancs et des demis. Je suis la seule à commander un café et à m'asseoir au fond de la salle. Je rappelle Jo pour qu'il me rejoigne. Colette m'a amené une tasse accompagnée d'une énorme part de gâteau frais du matin. J'ai des doutes quant à ma capacité à absorber quoi que ce soit mais cette merveille en chocolat les balaie en un clin d'œil et je l'engloutis. Une deuxième tranche apparaît devant moi quelques secondes après.

« Tu l'as mangé tellement vite que ça m'étonnerait que tu en aies senti le goût. »

Jo arrive quelque temps après la fin de mon deuxième café. Il embrasse Colette et s'installe en face de moi pour me regarder fixement.

« Diou… tu as du chocolat partout. » Pendant que je m'essuie sommairement, il passe sa commande, croise les mains sur son ventre et attend. Troisième version. Dans celle-là, je ne dissimule rien. Je lui murmure tous les détails à voix basse pour éviter que les grandes oreilles des clients n'alimentent la rubrique *ficanas* du Vieux-Nice. Quand j'ai terminé, il soupire.

« Pourquoi tu ne nous as pas prévenus de ce rendez-vous sur le chantier ?

— Tu te souviens comment tu m'avais parlé ? Et puis, avec l'autre qui me traitait en quasi-suspecte…

— Et donc tu es allée là-bas comme ça, sans arme.

— J'avais ton gilet pare-balles.

— Tu es complètement à la masse. Tu te rends compte des risques que tu as pris ? Tu aurais pu y rester… Pourquoi tu souris ? »

Je me retrouve projetée au début du siècle dernier dans une ruelle de San Giustino, petit village au milieu de la campagne d'Ombrie en Italie. En ce printemps 1918, la grippe espagnole décime tout sur son passage, et mon arrière-grand-père maternel jette un regard affligé sur sa nombreuse progéniture. La situation a de quoi le désespérer : alors que tous les gamins du village meurent sans faire d'histoire, les siens, certes rachitiques, s'escriment à vouloir rester en vie envers et contre tout et réclament à manger (et tous les jours encore !). Devant cette injustice flagrante, il soufflera, dépité, cette phrase devenue notre devise familiale, notre étendard roturier : « *Non siamo della razza mortaccina.* » Ce qui, traduit de son sabir italo-ombrien, donne à peu près : « Nous ne sommes pas de la race de ceux qui se laissent abattre. » Dans sa bouche, c'était une malédiction.

« Tu sais bien que Diou ne craint *degun*. N'empêche, c'est moi qui ai résolu ces affaires. Trois meurtres et deux tentatives d'homicide d'un coup, ça valait la confrontation.

— J'ai eu Casalès, il vient d'obtenir une commission rogatoire pour fouiller le domicile et le bureau de Mansour. Il faudra qu'on perquisitionne chez Giannini aussi. Il était forcément impliqué dans l'affaire.

— Quoi, lui ?

— *Aïo*, Diou, il était responsable qualité ! Comment veux-tu qu'il soit passé à côté de documents trafiqués ? Soit il les a faits lui-même, soit il a fermé les yeux très fort. Il a gagné sa fameuse promotion à New York grâce à Mansour. Et puis, il a dû avoir un cas de conscience, faire la connerie de lui en parler… et tu connais la suite. Comme elle n'a pas trouvé ce qu'elle cherchait chez Giannini, elle a dû penser qu'il avait confié les documents à son compagnon. J'ai appelé Émilie avant de venir.

— Émilie ?

— Émilie Martin, l'assistante de Mansour.

— Ah oui, celle qui t'avait glissé sa carte…

— Je lui ai demandé si elle avait vu sa responsable partir le soir de la mort de Dorian. Eh bien non, mais ce n'était pas inhabituel : il y a un ascenseur VIP près des bureaux de la direction qui ne dessert que les deux derniers étages et le parking.

— Ça leur évite de se mélanger avec les gueux.

— Officiellement, ça leur fait gagner de précieuses secondes de productivité aux heures de pointe le matin. Elle a très bien pu intercepter Dorian, lui proposer de l'aider avec les affaires de Mauro et descendre avec lui par là. Ensuite, elle met le carton dans sa voiture et suit le pauvre gars jusque chez lui. Elle devait avoir cette saloperie de GHB sur elle et l'a drogué avant de faire entrer le Syrien.

— Toi qui me soutenais que le GHB ne se trouvait pas à la cantine de l'entreprise…

— Ben non, juste dans les bureaux des cadres criminels.

— Ils l'ont drogué puis torturé pour récupérer les fichiers, mais il n'était pas au courant. Il a dû être terrifié, il ne devait rien comprendre…

— Et il a lâché ton nom, celui de l'enquêtrice chargée de découvrir qui avait tué Mauro. Au passage, Émilie m'a appris que Laurence Mansour et Giannini ont eu une liaison il y a deux ans environ.

— Tu parlais de jalousie lorsqu'on a découvert le corps de Dorian… Elle a dû s'acharner à effacer le prénom de Mauro à coups de brûlures de cigarette.

— Avec le Syrien, ils ont mis en scène le meurtre de Dorian comme celui de Mauro, un crime sexuel. Ensuite, il suffisait de t'éliminer pour que tu arrêtes de fouiner et qu'on s'oriente sur leur scénario. Sauf que le Syrien n'a pas résisté à utiliser sa fameuse lanière qui raccordait ton agression aux autres meurtres. Et il n'a pas résisté non plus au marteau d'Amédée. Laurence Mansour a été obligée de passer à la vitesse supérieure en tentant de te flinguer. Son assistante m'a également appris qu'elle faisait partie d'un club de tir. Un tueur syrien, un entraînement au tir… Elle était bien équipée pour ses projets. »

La nausée me monte quand je repense aux dernières heures de Dorian. Il n'a pas été tué proprement : je suis sûre qu'ils se sont amusés avec lui.

« À quoi tu penses ?

— Je comprends pourquoi elle a pris la médaille de Dorian. Giannini lui en avait sûrement parlé. Et puis, il n'y a pas longtemps, elle a acheté la toile d'un artiste que Mauro aimait beaucoup, peut-être pour tenter de se rapprocher de lui, parce que de toute évidence ce n'était pas par amour de l'art… »

Ce qui me fait penser qu'il faut que je revoie Serena. En attendant, je demande à Jo comment il se sent : la guérison est en bonne voie, ça commence à gratter, c'est bon signe, ça cicatrise, il va devoir prendre des antibiotiques pendant un bout de temps, mais sinon… On ne parle pas de ma future mise en examen : on aura cette discussion tôt ou tard. Tard, c'est mieux. On se quitte en se serrant fort dans les bras.

Chez Serena, je suis bien obligée de reprendre un café. Et je le savoure tranquillement avec la première personne à qui je n'ai pas besoin de raconter ma nuit. Je me contente de l'écouter débiter ses dernières indignations soulevées par le petit milieu de l'art. À la première interruption de ce flot continu, je me lève, déboutonne mon jeans, le baisse un peu et coince le bas de mon T-shirt sous le menton. Serena s'accroupit et pose doucement les index sur mes deux petites cicatrices latérales :

« Parfait. »

Je repars une heure plus tard avec un tube en carton coincé sous le bras.

*

De retour à la maison, je vais directement dans ma chambre. Sur le mur blanc en face de mon lit, j'accroche la toile de Geronimi que je viens d'acheter et je m'allonge pour l'observer. Elle est composée de lignes qui se croisent. Elles sont toutes distinctes mais il y en a tant que je n'arrive pas à les dénombrer. Pourtant, chacune a une raison d'être, parce qu'elle est le côté d'un carré, le diamètre d'un cercle ou la médiane d'un triangle. Les intersections sont les points de départ de figures géométriques qui elles-mêmes composent des formes plus vastes. Les proportions de chaque élément particulier et de l'ensemble général sont harmonieuses. Serena m'avait expliqué le principe de construction de ces toiles, un principe qui permet de jouer à l'infini : mais j'ai oublié, je me souviens plus de tout. Je ne me souviens de rien du tout, d'ailleurs. Soudain, la toile s'anime : les angles se dissolvent, les cercles se confondent et les lignes s'effacent tout doucement pour laisser la place à un grand blanc. Je fixe cet espace vide en me demandant pourquoi je me sens soudain si bien.

Putain, je dors.

Remerciements

Je ne sais pas pour les autres mais pour moi, l'aventure de ce premier livre n'a pas été un plaisir solitaire. Et je remercie tous ceux qui m'ont aidée :

Natacha Lillo dont la lecture pressée et bienveillante m'a donné les coups de pied au cul nécessaires pour construire cette histoire chapitre après chapitre ; Philippe Chollier, le plus généreux des anges gardiens ; Ghjulia Gistucci, la Diou IRL, qui m'a prêté ses magnifiques prénom et surnom ; Marine Pedinielli, reine de la réa, pour ses conseils anatomiques et pharmaceutiques (s'il reste des erreurs, elles sont de mon fait) ; enfin Anne Zweibaum qui m'a littéralement portée pendant cet enfer rempli de doute qu'est l'attente d'une maison d'édition, et Patrick Raynal dont l'enthousiasme m'a permis de penser que pourquoi pas, après tout…

Retrouvez notre catalogue sur
www.editionsdelaube.com

La Clairière des LIVRES

Pour chaque titre d'un livre imprimé, un arbre est planté dans une forêt de 15 hectares en Centre Bretagne.

www.typolibris.fr (by Printcorp)

Pour limiter l'empreinte environnementale de leurs livres, les éditions de l'Aube font le choix de papiers issus de forêts durablement gérées et de sources contrôlées.

Achevé d'imprimer en février 2021
par l'imprimerie Printcorp
pour le compte des éditions de l'Aube
331, rue Amédée-Giniès, F-84240 La Tour d'Aigues

Numéro d'édition : 4257
Dépôt légal : mars 2021
Numéro d'impression : 21020028
Imprimé en Europe